U0595753
独角马

独角马 · 中篇轻读文库

此处有疑问

杨少衡

海峡出版发行集团 | 海峡文艺出版社

目录

此处有疑问

一

出事的七天前，周一傍晚，我在办公室接到叶辰一个电话。

“在县里？”他随口问，“忙吗？”

“鸡毛蒜皮。”我在电话里抱怨，“班头总是想不起我。”

他笑："意见很大？"

我也笑："当然。"

现在他想起来了，当即下达指令，很简单的两个字："你来。"

当时已经临近下班，我把桌上的几份材料收好，打电话叫司机。几分钟后，车到了办公楼停车场，我即离开。我们的车驶出大院，赶在下班高峰之前出城，出城后进高速收费口，急驶二十余公里到了枫桥休息区。枫桥休息区位于两县交界处，再往下就属另一个县地界。有一辆奔驰车停在休息区洗手间外的停车场，驾驶员坐在车上，戴着墨镜，看到我们的车，他打了双闪。

我吩咐："跟那辆车走。"

奔驰车向前行进十公里，出收费站下了高速，而后沿高速连接线行进五公里，拐上一条岔道进山。这条山道不宽，路况却好，七拐八转之后，前边一排建筑出现在明亮的灯光中，远远可见聚光灯下一块巨石上刻着四个大字——竹寮温汤。

这个命名看似低调，其实不然。虽然此地不在我县辖区，我还是听说过本汤大名，知道是个高档温泉会所，从里到外都是钢筋混凝土以及各种名贵装修材料所建，没几根竹子。

叶辰坐在一个阔气的大包厢里，红木大餐桌边摆着一张长茶几，有七八位客人围坐喝茶，叶辰坐中间，其他人众星捧月般。叶辰指着座中一位客人问我："认识吧？"

我没回答，只是东张西望："洗手间在哪儿？"

"干吗？"

"藏起来。"我说，"有危险。"

叶辰大笑。

我当然是开玩笑。本高档消费场所哪怕遍布地雷，我也不必担心在此丧命，因为有叶辰在场。该老兄永远胸有成竹，举重若轻，他自有把握，我听命就是。不过我也需要做一点恐惧状，因为涉事敏感，此处有疑问。

叶辰指点的那位客人我当然认识，他是在明知故问。该客名为马镇，是本省大名鼎鼎的企业家。马镇五十来岁，身材高大，相貌堂堂，举手投足有一种派头。他跟本县渊源很深，近日因为一些旧事不甚愉快，双方还在相持之中。此时此刻，叶辰招我来跟马镇见面，肯定与那件事有关。作为知情人，我当然知道这里边的水很深，贸然蹚下去有重大风险。竹寮温汤之行于我堪比鸿门宴，但是既来之则安之，叶辰发令，我无处可逃，只得硬起头皮面对。

叶辰经常出入大场面，应付此局如烹小鲜。场上各位贵客除马镇外都与我无关，因此叶辰不多做介绍，只说我是老同学，难得见一面，借就近之便，请来一起吃个饭。他也不介绍其他客人，因为他们彼此相熟，无须多此一举。对于我来说，搞清楚这里边的张三、李四、王二麻子并不困难，略加分析便能猜个八九不离十。酒桌上举杯几轮，我心里就有数了：座中人物除叶辰与我，余下的都是企业家，张董事长、李董事长、王总经理之类。还有一位是东道主，竹寮温汤的老板。这些老板并非私聚于此，他们都在省工商联有职位，高的是副主席、商会副会长，低的也是执委、常委。他们按照省相关部门要求，在竹寮温汤举办一个高端内部讨论会，为本省若干发展课题提供建议。省领导对这个讨论很重视，某副省长指定省政府办公厅副主任叶辰代表他全程参会，因此叶辰出现在本包厢是公务需要，不能视为进入高档消费场所接受私人宴请。只不过他稍稍假公济私，把我找来一起消费而已。他倒不是非常想念我，或担心我没饭吃，抑或是因为我近在咫尺来去方便，原因只在马镇，可视为领导在帮助企业家解决一点实际问题。

他和马镇都很沉着，一直不涉及具体事情，无论是当着众人隐晦言之，或者拉到一旁私密谈话。马镇想干什么，需要从我这里打听什么，或者要我相帮什么，叶辰是什么态度，竟无从说起。我也没有主动发问，该说的他们总会说，不需要我着急。席间马镇端杯敬了一圈酒，走到我身边时，他问："董副县长给个面子？"

意思是让我把杯里的酒喝了。

我没推辞，端起酒杯扬脸举手，动作幅度很大，做爽快状。实际上一滴酒都没有入口，全部回到杯里。

他笑笑，低头在我耳边说了句悄悄话。如此而已，当晚我们没有另外的交流。

晚宴结束，道别走人，叶辰这才指着马镇对我说了一句：“宝山，多支持。”

一如既往，举重若轻。

我立刻回答：“没问题。”

马镇在一旁回应：“谢谢。”

我补充：“主要还是梁书记的意见。”

叶辰表示：“你可以有你的态度。”

我再次强调自己没问题，老大发声我吆喝，梁越是老大。

叶辰交代：“你心里有数就可以。”

“放心。”我自嘲，“老兵油子了。”

叶辰笑笑，略加点评，说我是“涛声依旧”。

他对我很了解，因为我们曾经是同学。那一届班里有六十多位学员，来自省直和全省各地，都有职务，最低也为正科。叶辰当时在省城工作，是市委办公室副主任，行政职务最高，被任命为班长，管着我们大家。当时我是小兵一个，刚在一个基层乡镇当上乡长，少不更事，有点调皮，喜欢跟老师抬杠斗嘴，也会捉弄同学，开些无伤大雅的玩笑，例如从不称叶辰“班长”，只叫“班头”。叶辰并不计较，却又严加管束，随时教导制约，免得我真成了“油子”。当时他就显得很成熟，我这种小屁孩不能不服。结业后不久，叶辰便调到省政府办公厅，当时他跟随的领导从市里到省政府高就，把他也带了过去。有一天那位大领导突然光临我那个小乡镇，市、县两级主要领导也都陪同前来。那是叶辰一手安排的。没多久，恰逢县、区换届，我得以弯道超车，进入县政府班子。应当说我本人工作努力，略有实绩，但能够一举改变命运却还是靠叶辰相助。此前无论我怎么使劲扑腾，基本无声无息，波澜不惊，直到叶辰助力，领导才开始注意我，对此我一直心存感激。我在电话里发牢骚，称“班头总是想不起我”，似乎意见很大，其实只是开玩笑。人家要操心的事很多，不能要求他念念不忘，关键时刻出手足矣。我也一样，基本不去劳烦他，碰上特别重要的事才会找上去。由于这些过往，对叶辰的交代，我当然会特别认真对待，所以他一打电话我就收拾起本子，他一指马镇我就表态：“没问题。”这是必须的，无论过去现在都一样。

轿车驶离竹寮温汤，走了老远，我还在回味。

第二天我早早上班，提前半小时到了办公楼，进了梁越的办公室。那里尚安静，仅县委办公室主任周丁顺在汇报当日日程安排，我让他暂停，称有重要事情需要赶紧报告梁越书记。周丁顺很知趣，立刻收起笔记本退出，顺手把门带上。

梁越问：“董副县长昨晚去哪里了？”

他脸上炯炯有神，两个眸子在黑框眼镜后边闪闪有光。那不是两个眸子，是一对监控探头，是两面照妖镜。

我告诉他，昨晚我临时去参加一个活动，因为是突然接到消息，走得匆忙，没有及时给他打电话，所以现在赶紧补报告。昨晚我与几位省城的企业家共进晚餐，谈了招商引资方面的一些话题，并且很意外地在那里见到了马镇董事长。

“是吗？”梁越感兴趣了，“他说什么了？”

“没说什么。”

我声称感觉挺意外，马镇一向神龙见首不见尾，忽然现身，原来担心他会提什么难题，奇怪的是，他什么都没说。

“你呢，跟他说什么了？”

“没有。”

“是吗？”他笑笑，直截了当，“此处有疑问。”

我知道他心如明镜，根本就不相信。正值双方紧张博弈之际，马镇不可能与我意外邂逅于某张餐桌，这种邂逅必属刻意安排。马镇当然不可能什么都不提，我本人也不可能什么都不表示，梁越有理由怀疑。对此我能怎么说？

鸿门宴上剑拔弩张，温汤餐桌风平浪静，相关人物均含而不露，我自己一味装傻，唯一的态度就是“老大发声我吆喝”。是这样吗？梁越不可能相信，说得越具体他会越发生疑，因此我只能含糊其词。既然这样，为什么我还要去找他报告，按下不表，一声不吭不是更省事？因为事情很敏感，且梁越不好糊弄，他总是会知道的。我必须防备自己忽然陷入“关键节点暗通对方”之坑，所以要及时主动报告。但是我也不能原原本本地把事情搬出来，因为牵扯到了叶辰。叶辰是上级部门领导，与我又有私交。叶辰处事谨慎，昨晚曾特别交代：“心里有数就可以。”那是什么意思？记住这个事，不要说出去。因此我只能点到为止，无论梁越如何生疑。

当天下午，梁越在县委会议室召开临时会议，听取工作小组汇报相关情况。该工作小组刚从省城返回，工作小组负责人为副县长魏秀山，小组成员包括县直几个部门的重要领导。参会的还有若干部门领导，包括县政府办公室副主任陈深。会议结束时，梁越要求："陈深要马上把情况报告给董宝山副县长。"

"明白。"

梁越补充："董副县长有重要工作，所以没能到会听取汇报。"

当天下午，我的重要工作就是在我的办公室里喝茶，同时阅读几份文件。没有人通知我去那边开会，这当然不可能是因为哪个环节出了意外。陈深也无须梁越交代，按规矩，他自然要向我报告，因为在县政府办公室的分工中，他是负责协助我工作的所谓"大秘"。他们通知大秘去开会，却把我丢在办公室独自面对茶壶，这种方式有点怪异。特别是此前该小组的相关工作主要在政府框架内运作，我是常务副县长，县政府班子第二号人物，目前主持县政府日常工作，对该小组的工作有较多的介入与过问。

傍晚五点半，汇报会结束。恰值下班时间，陈深给我打电话，听说我还在办公室，他直接跑了过来。

原来发生了一个意外：我县与东鑫集团正在进行的协商陷入僵局，可能彻底破裂。东鑫集团就是马镇的企业，代表马老板出面协商的是小马，他儿子，该集团副总，而马镇本人一直置身后台操弄。此前两天，魏秀山他们与小马双方协商顺利，在若干具体问题上已有共识。今天上午魏秀山早早带队去东鑫大厦再谈，不料事情突变，对方提出具体事项不需要再谈了，根据所掌握的新情况，他们要求将此前签署的三方协议终止，并且他们已经组建了一个法律小组，着手开展相关法律事项准备。

这是掀桌子翻盘，做此决定的只会是马镇本人。这种事不可能是心血来潮仓促决定的，昨晚马镇在餐桌跟我碰杯时，显然已经准备好了，只是不说出来而已。我猜想他可能会向叶辰透露若干，但讲到什么程度，要根据他俩关系的深浅。这方面我不得而知，能确定的只是我被蒙在鼓里而已。事实上我也不想提前得知，即使那不是个坑，也会让我更尴尬。也许就在与我见过面之后，马镇便给小马下了指令，所以今天上午小马便撤了桌子。我不敢说两者必存有因果关系，却清楚目前这个结果足以给昨晚我与马镇的会面蒙上一层疑云，其性质之严重接近于暗中通敌。

我能怎么办？处之泰然。我很庆幸自己今天一早即上门，主动向梁越报告了情况。如果心存侥幸，藏着掖着，到了此时，情况突发就更难说清楚了。昨晚竹寮温汤云里雾里，好比温泉浴池无论露天室内都水汽弥漫，却也没有什么经不起查的情节，除了马镇在我耳边说的那句悄悄话。那也只是他知我知，我自忖无须担心，不管让人多么起疑。梁越没通知我去参会听汇报，于他那种个性很正常。他有疑心，此刻需要形成紧急对策，还得防止过早泄露造成被动，这个时候对通风报信者必须高度防范。当然这是开玩笑，他清楚没有确凿证据不能轻易认定，也自知不可能把我完全排除在外，毕竟目前我在主持县政府工作，难以彻底绕开。但是，他可以用不通知我到场听汇报的方式略做敲打，以示警告。我其实无所谓，我清楚马镇这件事比较棘手，谁爱管谁管，不让我介入最好。所谓“老大发声我吆喝”，如果给赶到一旁连吆喝都不用，我何乐而不为？无论如何，来日见到叶辰和马镇我都有话好说。我自嘲是所谓“老兵油子”，那是相对于叶辰等上级领导而言，在同僚或下级面前，我可算“老官油子”，我知道什么情况下怎么行事，例如昨晚在温汤把梁越推出去抵挡。

我要求陈深：“做点心理准备，别只顾回家吃饭。”

他有点紧张：“有事吗？”

“恐怕是。”

如我所料，估计陈深连县委大院的门都没出，县委办公室的通知就送达了：召开紧急会议，在家的县委、县政府两套班子领导，以及相关部门负责人与会。立刻。

已过下班时间，这个点通常适合与家人共进晚餐，不适合拿来开会。比这个点更不适合拿来开会的还有午夜，夜深人静，沉沉入睡之际。那种零点会议好比大餐，一旦有机会品尝，晚餐会议就只能算小菜一碟，容易接受得多。梁越的领导风格很鲜明，不乏大餐小菜，与之相比，什么互联网大厂“九九六”真不算个啥。梁越身材高大，年富力强，一副近视眼镜不妨碍其目光如炬。他精力充沛，永远不知疲倦，状态风高浪急。如我私下里“表扬”称，我们这位老大脑子有如风车转得飞快，手脚出奇麻利。有幸在他的领导下工作，成就感会特别强，身体也特别吃不消。大家的茶壶里不能放茶叶，得泡一把西洋参，而且只能自费，财政不给报销。我这么“表扬”不是危言耸听，已经有人在我前边倒地不起。此人叫林成文，为本县现任县长。数月之前，有一次搞“拉练”——县领导们集体下乡检查重点项目，白天跑路、看点、听汇报，晚上批评、指导、吃安定。一个乡一个乡地跑，接连五天连轴转，比大餐、小菜都更折腾人。林县长原本身体细瘦，弱不禁风，强撑着跑了四天，最后一天不行了，在一个水利工程施工地下中巴车时，突然踩空，从车门口掉下去，摔得满脸是血，不省人事。林县长被救护车送到市医院，一查竟是心脏病发，直接上了手术台，往动脉里安了四个支架。由于林县长的四个支架，此刻才需要我在县政府主持日常工作。林县长的身体弱，心思多，术后恢复不好，稍有刺激便死去活来，我奉命不得拿工作事务打扰他休养，有事直接报告梁越即可。我清楚自己主持工作只是短暂、临时的，林成文虽躺在病床上，但依然是本县县长，康复后便会回到他的位置。如果他因为健康原因不能任职，就会有其他人来接替，与梁越搭档“拉练”。有很多人适合，也很愿意承担这个重任，我却属例外。我是本县人，按照目前干部任职回避规定，不得在本县任县长。即使我有心前仆后继，也欠缺资格。我不能心存奢求，不能越权，同时也有责任把应该做的做好。无论是听汇报不通知我，或者是参加晚餐会议，我都处之泰然，因为梁越都有其理由，我明白就好。

我到达会议室时，与会人员正陆续进门。

梁越已经坐在座位上，拿他的近视眼镜盯

着我，调侃："董副县长亲自进食了没有？"

他喜欢开点小玩笑，在台上讲话讲累了，他会放下讲稿宣布："此处有掌声。"于是大家发笑。"此处有疑问"也为他常用，我亦时而抄袭。他最喜欢的调侃是"亲自"："亲自"来了，"亲自"方便等。

我稍微夸张一点，称自己"亲自"拿起筷子准备吃点小菜时，手机响了。

"放心，饿不坏董副县长。"他说。

这时，几个年轻人抬着一个塑料大筐匆匆走进会议室。筐里是快餐盒饭，它们被一一摆上桌，与会领导和工作人员人手一份。

梁越宣布："现在开会。"

这是个盒饭会议。梁越解释称，事情比较重大，也比较急，不能拖。他本人必须于今晚赶到省里，明天一早去跑项目，因此再没有其他时间，只能利用晚餐时间把大家召集来。时间所限，没办法细嚼慢咽，请大家克服困难，边吃边开。如果影响了哪位同事的食欲与消化，他感到很遗憾，请多包涵，望顾全大局。

他就是这种风格，似乎风趣、客气、彬彬有礼，实则强悍而坚硬。

当晚在会议室，与快餐食物一起供与会者咀嚼的只有一件事，就是与东鑫集团的协商。魏秀山通报了最新进展，即对方意外提出的翻盘。而我已经从陈深那里知道了大概。办公室迅速准备了一份我县的应对要点草案，提交给与会人员。草案包含了十几条意见，核心就一条，梁越将其概括为八个字“拒绝后退，继续前进”。本次盒饭会议的主要议题便是讨论、修订并通过这份要点，形成统一认识。这件事牵扯较大，不是一把手一个人或者几位核心领导商量一下便可以决定的，需要身处一线的两套班子成员一起来研究，此刻大家都有一份责任。因此即使梁越对我心存怀疑，还是得给我安排一份盒饭。

梁越要求：“每一位领导都要亲自发表意见。”

大家一一表态，“亲自”发言，没有谁提出不同看法。有几位比较简单直率，直截了当表示同意，没有多话。另有几位水平高一些，字斟句酌，建议第几页第几条可以改一下，某个措辞可以换一下，某个标点应当用得更准确一些，等等。

梁越盯住我："董副县长呢，有什么重要意见？"

我忽然想起昨天晚上的竹寮温汤，叶辰在餐桌上对我说："你可以有你的态度。"

我表示："梁书记的意见才重要，我的不重要。"

"那么就说说你不重要的意见。"他紧盯不放。

现在没有退路了，不说不行。

"我感觉这样不行。"我断然提出否定。

那一刻会场上鸦雀无声，所有人都大吃一惊。

梁越脸色一下子变了："董副县长是什么意思？"

我指着会场上的诸位："其实在座的都有看法，敢怒不敢言罢了。"

“说清楚点。”

“为什么没有汤？”

“什么汤？”

“我认为一份盒饭应当配一份汤。不需要排骨炖萝卜之类，紫菜蛋花汤就很不错，物美价廉。一份汤有助于各位领导吞咽咀嚼，以较小的成本消化快餐盒饭，维持身体健康，也有助于消化梁书记的重要意见。”

此时便有人发笑。

梁越皱起眉头：“现在是在讨论这份要点。”

“我没意见。”

“同意吗？”

“同意。”我表示，“书记发声，大家吆喝。”

梁越指着县委办公室主任周丁顺说了句：“记住，下次给董副县长准备一份汤。”

我建议：“可以多准备几份。”

除了我制造的这起波澜，当晚的盒饭会议没有更多意外。

二

马镇与本县的争端涉及一块土地，这块土地有山坡有滩涂，总面积两千亩，无论是过去还是现在，对一个县而言，都不是一件小事。

马镇是外地人，与本县渊源很深。我听闻他出身贫寒，初中毕业后进了一所中专学校学矿业，毕业后进了一家省属地质队当技工，全省各地到处跑。探矿时他帮着工程师举锤子东敲西敲，测绘时他扛一把标尺爬上爬下。有一年夏天，他们队到了本县，住在县东北部的石坎乡，进行花岗岩资源探查。队员们借宿民居，年轻技工马镇跟房东家的独生女儿对上了眼，半夜三更把人家女孩哄到外边林子里，说是谈恋爱，实则欲行不轨。不料人家女孩的老爹警惕性高，发现不对果断出手，将浑身光溜溜的马镇抓获于现场。事情闹得沸沸扬扬，最终马镇被地质队除名，却成了房东的上门女婿。本村小学把他招为民办老师，他便在当地落了脚。据说，起初乡下岳父并不打算收上门女婿，只想要一笔赔偿金，弥补女儿名声的损失。其手段相当野蛮，拿一把杀猪刀对准马镇的喉头，看你小子拿不拿钱！而往日的马老板也表现不俗，面对尖刀眼睛一眨不眨，没有一丝胆怯，还用一句话将岳父顶到墙上："杀一个人能赚几个钱？"岳父一时无言可对。

马镇的岳父姓张，是乡间屠宰户，杀猪兼卖肉。几年后岳父让马镇辞去学校的工作，接替自己成为职业屠夫。乡间屠夫有吃有喝有红包，日子过得比农业户滋润。马镇有远见，并不满足于杀猪营生，认为随着大型猪场的出现和国家检验检疫政策收严，日后乡间屠夫的日子也不好过。他另谋出路，与人合资盘下当地一家濒临倒闭的乡镇铁件厂，生产各式铁锅。他的经营能力从那时开始显露，为了从一只小铁锅里搞到最大利润，他使出浑身解数，包括拉大旗作虎皮，在其铁件厂的外墙张贴市乡镇企业局某科长，县轻工局某股长来厂视察的照片，为自己的铁锅造势。而后他作为经营人才应聘为本县农械厂副厂长，渐渐把路子打开，生意越做越大。也许因为早年读过矿校还干过地质队，他对开矿办厂情有独钟，曾跑到山西挖煤，又到河北收购钢铁厂，在外边闯荡十多年后打道回府，在本省北部一个市办了个钢铁厂。那里用地和电力都便宜，还给了他很大优惠。后来钢铁行业屡起屡落，一大批同类厂子倒了，唯他一枝独秀站住了脚，还不断兼并逐步壮大，开始有人恭维他是本省的“钢铁大王”。马镇的东鑫集团坐落于省城繁华地段，总部大楼外观大气，装修超前，一时间马老板风光无限。

作为本县女婿，早年在本县有过若干故事的特殊人物，马镇早被市、县列为重点招商对象，历届领导都跟他打过交道。那些年里，他数次回过本县，拿钱在石坎村做过若干慈善项目，也曾对县里推荐的招商项目表示兴趣甚至签过意向，但是因为种种原因无一落实。他与本县虽有渊源，但毕竟不是本地人，其岳父、妻儿及远近亲属差不多都跟他去了省城，与本县的关系已经相当淡漠，因此招这个商不太容易。

那一年，马镇于百忙中拨冗回到本县，应邀前来考察。该考察惊动了市领导，一位副市长专程陪同，本县时任书记、县长更是表示热烈欢迎。在各方共同努力下，本次考察有了一个突破性进展：马镇决意投资十几亿，在本县建设一个特种钢产业园，以及配套的运输设施。特钢园将生产尖端合金制品，包括航天器上需要用的钛合金。市、县两级为这个大项目提供了所能提供的全部支持，包括马镇选定的两千亩土地。这块土地从马镇曾探过矿、教过书、宰过猪的石坎乡一直延伸到邻近乡镇的海滩边，在当时属相对偏远地段，缺水，荒坡居多，地价较低。县里开出的价格是一低再低，几乎是白送给马镇，以期把他拉住，将规划变为现实，用来日的产业发展和企业税收来弥补眼下地价的损失。

但是这么多年过去了，特钢园还在纸上，那两千亩地还荒废着。这里边的原因比较复杂，并非只牵涉一方。从各种迹象上看，马镇当年确有在这里建设产业园的计划。在项目确定的最初时间里，推进还相当迅速。但是后来钢铁市场发生变动，东鑫集团的资金流突然收紧，这个项目也就趋缓。随后本县主要领导更换，新书记担心钢铁产业园区污染问题难以根本解决，有可能损害本县沿海养殖产业，要求特钢园项目采取相应技术方案，提高总体治污标准。马镇则认为原方案已经最优，不应该再进一步加码。双方扯皮，几度磋商，直到那一任书记意外落马，磋商不了了之。此时国际钢铁市场再陷不景气，东鑫集团也在调整产业结构，特钢园工地踩了刹车，陷入萧条。而后几年，工地上不时有些小动作，如挖一条沟，修一堵墙之类，但实质性建设则停滞不前。

直到梁越到任。梁越出自上层机关，到本县任职前是省委政策研究室的一个处长。那种部门汇集了一批才子，梁越算一个，对政策确实比较有研究，擅长纸上谈兵。当然他也有些基层工作经历，比如曾在一个县当过两年副书记，只不过是下派挂职性质，表现空间不大，与到本县真刀真枪当一把手不是一回事。梁越从上层机关下来，眼界当然会比较高，思路会比较开阔，但是要下边落实他的想法就很难。他上任后提出本县产业发展格局需要调整，要把发展新能源产业作为重点，目前可利用有利条件主打光伏产业。应当说梁越的考虑有其道理，本县在发展光伏产业方面有一定基础，但是想要做大做强阻碍诸多，其中有一条就是用地指标。发展新产业需要用地，而上级对用地指标控制很严，拿不到便难以让项目落地。

梁越却信心十足："可以考虑盘活。"

他看中了马镇手中那两千亩地。这片土地已经获批多年，项目却没建设起来，此刻满眼荒僻。由于市场变化和环境要求，原定项目继续建设的可能性已经不大，收回这片土地，将其盘活，变特种钢园区为光伏产业园区，既能解决遗留问题，又能促成新产业发展，为本县 GDP 增长提供后劲，可谓一举多得。问题是名花有主，想从马镇手里收地并不容易。这两千亩待开发土地在老百姓眼中只是大片荒地，实际上在项目用地紧张而地价不断抬升的情况下，它早已是很多人眼中的一块肥肉。这么些年里它不声不响待在那里长肥，只待有缘人来捡。此前两任县委书记都曾打过它的主意，也都与马镇做过试探性接触。马镇很坚决，寸土不让，坚称项目之所以没做起来，责任在县里，如果要理论，那就算老账，地方政府得为当年行政干预致项目建设错失良机承担责任并做补偿。最终那几次试探性接触都无功而返，这块肥肉才留给了梁越。

梁越召集领导们讨论盘活该土地时，与会领导都表示赞同，也都觉得难度不小。那时梁越就盯上我了，在会场上追问我有何高见。我提到这件事确有难度，某种程度上有如与虎谋皮，对此要有足够思想准备，需要知己知彼。马镇已经是本省的明星企业家，自带一圈又一圈光环，论企业规模是“钢铁大王”，论社会地位是省政协常委。本县这两千亩地在他所掌握的土地中占比并不算大，也不是他最看重的，他已经不准备在这块地上做项目，却死死抓着不放，是因为他要让它利益最大化。在得到最大利益之前，他是不会把它交出来的。

梁越认为商人逐利是本性，如果商人经营谋利合规合法，能对地方经济发展做贡献，那就应当扶持，所以我们才要招商引资，要创造良好招商环境。如果他们谋利的行为违背了有关规定，妨碍或影响了地方经济的发展，就好比马镇搁置这两千亩地，那就不能无视，必须想办法解决。

“除了知道他的实力，还得知道他的个性。比如，他有一把杀猪刀。”我说。

“那个故事我听说过。”梁越表示。

我告诉他，人们传说的屠夫岳父把杀猪刀顶在马镇的喉头上要补偿金，马镇问他“杀一个人能赚几个钱？”那只是故事的上半段，据我所知这个故事还有下半段。几年后轮到马镇摆弄那把尖刀：其岳父带他进了屠宰场，指着绑在板凳上声嘶力竭的一头大猪问他敢不敢杀？他接过尖刀刺入猪胸，一刀毙命。这以后他就接管了岳父的家业。据说马镇杀猪首秀之际又问了岳父一句："杀一头猪能赚多少？"

"董副县长这是公然替谁威胁谁？"梁越追问。

"替马镇威胁梁越书记。"我笑笑，"我不会是马老板的秘密卧底吧？"

大家都笑。

此刻只能以玩笑对付。

梁越其人不信邪，但是疑心重，从那时起他就对我比较警惕。梁越指定县长林成文牵头负责此事，具体协商工作交给分管土地工作的魏秀山副县长。梁越本人亲自过问，大主意基本都是他拿。在梁越之前，本县与马镇的几轮磋商主要是我牵头，几次三番劳而无功，没能把皮从老虎身上扒下来，我深有感触，因而乐得置身事外。事实上我不可能，也没办法不介入，县政府班子讨论研究时，我照常得提出看法发表意见。作为政府班子的一号和二号人物，林成文与我关系良好。林成文对我很放手，我也让他很放心，感觉棘手时林成文会先跟我商量，还会请我帮助化解，因此我了解本轮谈判的整个过程和各个症结。总体而言，尽管介入不算多，我自认为有所贡献。

本轮协商之初，马镇一如既往地态度强硬，寸步不让，哪怕顶着尖刀也不掏一分钱。梁越命魏秀山耐心磨，晓之以理，动之以情，同时不能有丝毫示弱，志在必得，不怕谈崩。双方立场差距巨大，一开谈就陷入僵局。有一天下午县里开大会，县领导上主席台前汇集于休息室，梁越忽然说："董副县长说的那个故事基本属实。"

原来是马镇从岳父手中接过杀猪刀，持刀首秀的那件事。看来梁越不太信，又去了解，别人告诉他的版本跟我的差不多。

我承认："其实我也就是道听途说，没像书记一样亲自核实。"

"马老板有狠劲，不怕白刀子进红刀子出。"他评论，"意志很坚定。"

我开玩笑："我们梁书记戴眼镜，意志更坚定。"

梁越不跟我开玩笑，只关心马镇："董副县长应当还知道些马老板的有趣故事。"

我称自己与马镇的交集很少，所知真的不多。

"不需要替他保密吧？"

于是我又告诉他一个故事。据我所知，时下有些企业界人士很迷信，马老板可算其一。别的老板迷信表现在讲究风水，结交所谓"易学大师"以及烧香拜佛等方面，马老板比较独特，他不需要大师、"砖家"，只相信自己以及一对卦杯。卦杯也叫"圣筊""圣杯"，是用竹木制作的占卜器具。有时候身上没带卦杯，用两枚硬币也能替代，拿出来往上一抛，落地看阴阳，如果是一正一反就是"是"，否则就是"否"。这种占卜方式通俗易懂，简单好学，操作格外方便。

当初马镇放下屠宰刀，在本县石坎乡盘下一个铁件厂，为乡村市场打造铁锅，赚下他的第一桶金。那年春节前夕，铁件厂财务室失窃，盗贼偷走现金五万余元。当时这笔钱不算少，马镇得用它给厂里员工发工资和过节费，否则厂子就开不下去了。从失窃现场迹象看，马镇认为是内鬼作案。他没有报警，决定自己破案。他的破案方式很简单，无须福尔摩斯般搜集证据，指认罪犯，只需问卜。马镇带几个人去了他们那里的一座庙，给菩萨烧了香，然后拿出卦杯相问。他的厂有员工二十几人，马镇一视同仁，按照大小排名顺序，从自己开始请教菩萨："偷钱贼是马镇吗？"菩萨无法开口回答，卦杯却可以代菩萨说话，只需把那一对器具往上一抛，落地便知。马镇是不是偷钱的内鬼，他自己不知道吗，何须去问菩萨？如果那一对卦具捉弄他，或者某个环节失误了，把马镇定为偷钱贼，那如何收场？人家马镇却不怕，绝对相信两个卦杯，坦然接受考验。一对卦杯一抛，两阴，果然不是，马镇的嫌疑排除。然后是副厂长，接着是财务室主任，一个接一个往下问，卦杯或是两阴，或是两阳，各人一一排除嫌疑。这种问卦方式很单调，很枯燥，很揪心，也不免令人生疑：要是不小心把那两块竹壳抛高了，掉下来变成阴阳卦，恰好被问到的那个人不就倒霉了？很大可能是无辜者成了冤大头。如果这招能行，那还要警察干啥？可马镇很沉着，坚定不移，一连抛了十几次卦杯，问了十几个人。后边不剩几个了，马镇却始终坚持不懈，就认这一招。突然，身边一个陪他上庙的年轻人“扑通”一声跪到地上，满头大汗，大叫一声：“老板别问了。”这人是厂里的司机，偷钱贼居然就是他。年轻人起初还心存侥幸，觉得不可能卜十几卦个个都过，总会有哪个倒霉鬼替自己躺着中枪，不料竟然真的十几卦都不出一个阴阳，眼看轮到他来接受考验，年轻人心里害怕了，当场崩溃，承认了偷窃事实。

“这是打心理战。”梁越分析，“菩萨只是一个道具。”

“马镇确实信这个。”

“人都需要相信个什么，马老板也不例外。”梁越调侃，“现在他也在打心理战，但是对象搞错了，咱们不是他那个司机。”

梁越询问马镇是在哪座庙卜卦，我告诉他是石坎乡那边的一座张飞庙。听说最初这张飞庙还是马镇的岳父出钱修的，因为他岳父也姓张。

梁越立刻发现问题：“张飞庙供什么菩萨？”

我一愣，自嘲：“露马脚了，看来我学习不够。”

我意识到自己不甚严谨，张飞庙供的当然是张飞，不可能是菩萨。当然，请威风凛凛的大胡子张飞帮助抓贼，显然比请慈眉善目的菩萨捕盗更显威猛，更具强力震慑。

当晚，县委办公室通知我，梁越决定明天上午下乡调研，指定我一起去。

“到哪个点？”我问。

是石坎乡。

我想，他一定是担心乡下小破庙晚间看不清，否则准定星夜前往，让我陪着去做零点调研，访一访张飞，打一打心理战。

其实他不清楚，那座庙可真不是小破庙。

第二天便让他开了眼界，张桓侯在石坎住的是花园别墅。那座庙建筑不算大，占地却不小，周边有大片林子，庙前有一个广场，还有一个半月形大水池，是人工开挖的。庙门很醒目，装修高档，金碧辉煌，庙里供的确实是张飞。

这庙里有一个庙公，为管理人员，庙公可以提供给我们的信息就是本庙修缮主要靠慈善家捐赠，而这位慈善家就是马镇。早年间此地有座破庙，供奉土地神，久已毁弃。马镇的岳父出钱重新建庙，改为供奉张飞，起初规模较小，到马镇手上渐渐扩大，慢慢成为现在的样子。当年马镇常到这里拜张飞，离开本县后他还来过多次，近几年他事业做大，时间不够，光临较少了。但是每年农历八月二十八，也就是张飞生日，马镇还会交代人专程从省城过来，替他烧香跪拜。庙里找马镇要钱要物，他也是有求必应。

梁越问我："马镇为什么不拜关公，要拜张飞？"

我打趣："张飞的大胡子长得好，小鲜肉

一枚。”

他批评我：“真是学习不够。”

原因跟屠宰有关。张飞在与刘备、关羽结义之前，是一名职业屠夫，所以后世许多屠夫将其作为行业保护神朝拜。马镇的岳父修张飞庙，除了同姓张，更多的应当还是敬行业神。马镇曾继承岳父产业，杀猪兼卖肉，当过乡间屠夫，因此他拜张飞理所当然。不过马镇早已不宰猪了，为什么还要拜？我想是因为这已经成为他的某种精神需要。无论当屠夫，还是当老板，除了白刀子进红刀子出，还需要有精神支撑。在这方面人都有共性。

庙门两侧有一副对联，刻于石门框上，用的是短句，一共只有八个字，上联为“天地玄黄”，下联为“日月辉光”。我记得省城东鑫集团总部大楼大门处也有这八个字，只是排成一行刻在门楣上。我去过那座大楼，看到那行字时感觉马老板做大了有点狂妄，要与天地日月一争高下，于是便记住了。

“知道这八个字的出处吗？”梁越问我。

我承认自己对屠宰行业缺乏研究。说来马老板当过老师，但似乎并不太有文化。对联一边四个字是不是太短了？横批都没法放。

“这个不需要横批。”梁越说。

原来本副对联也出自屠宰行当。在乡间屠夫被大型屠宰场赶出市场之前，该行业宰猪有若干规矩，充满仪式感。许多地方屠夫动刀前得烧香安神位，把张飞神像请出来坐镇监宰，摆放祭品。主刀作为主祭人要大声朗诵主持词，通常头两句都是：“天地玄黄，日月辉光。某某岁末，屠豖关张。”意思是开天辟地了，太阳月亮放光芒了，年底杀猪，然后就该歇业了。该主持词后一句比较土，不合适做成对联，马镇只挑了前一句，八个字分成两段，嵌在他修的张飞庙门口。同时也把这八字堂而皇之刻于其总部大楼大门处，不忘当年屠夫生涯，弘扬其白刀子进红刀子出的大无畏精神。

梁越认为实质还是利益。显然马镇相信张飞能保佑他谋利，实现利益最大化，因此对其深信不疑，遂成精神支撑。

庙公告诉我们，马镇虽在省城，却并没有与本张飞庙远离。马镇请人用上等红木雕刻了一座张飞庙木雕，按照石坎这座庙同比例缩小，作为本庙的分身，摆在他的办公室里。那个微缩版张飞庙里的张飞雕像也是本庙的分身，在送到省城前曾在本庙摆放，沐浴香火，因此与本庙的雕像具有相等效力。

如此看来，眼下如果马镇还要请张飞协助抓贼，手续更简便，只要在自己的办公室里扔硬币便可，无须远赴石坎。

本次石坎村张飞庙调研活动对本县与马镇陷入僵局的协调起了意外作用：回到县城后，梁越即指示了解石坎张飞庙的相关情况。该庙可归为民间信仰一类，老百姓信张飞信关羽属信仰自由，受法律保护，但是设立相关活动场所就必须按照规定。当年马镇岳父建庙是否履行报批手续？是否得到批准？其后的屡屡扩建是否同样履行过手续？目前该庙拥有林子、广场、道路，总面积不小，所使用的土地是否经过批准？其中是否存在违规情节？这种事一查起来，难免都有疑点，亦有可斟酌处。例如该庙建庙时确实没有履行任何报批手续，属于未经批准擅自修建一类。问题是当年相关规定还不完善，还没有报批一项程序，因此也不能算违规偷建。且若干年后，本县搞过一次民间信仰场所普查登记，它又被登记在案，如此又似被默认为事实存在，不算非法场所。估计许多大名鼎鼎的千年寺庙，如今想去查一下唐时宋时是否履行建庙报批手续，应该也找不到。手续肯定不完整，不过只要能存留到现在，人们也就默认了，不视同违规。石坎张飞庙历史很短，跟古庙不是一回事，特别是近期几番扩张均为先建后报，其中有两次还受到县土地部门的干预，责令停建。最后是马镇通过多方面斡旋，以罚款了结，这就留下了案底。

梁越说："这一次不要钱，要他们整改。"

然后马镇便突然来到了本县。即使在双方协商时，马老板也是轻易不露脸的。现在他来了，带着他手下几员大将，包括小马。

梁越和林成文一起跟客人们见了面。双方

交谈时，马老板不提张飞庙，也不谈那两千亩地，只表达一个意向：拟在石坎乡投资兴建一个民俗文化园，帮助本县发展旅游服务产业。主要资金他来筹措，利用现有已开发的土地，县里提供必要支持。

“这是好事。”梁越表态，“但需要先解决遗留问题。”

所谓遗留问题就是“特钢园”那两千亩土地。梁越提出这事不能再拖延了，早点谈妥，对双方都是最好的。如果错过时机，本县的产业转型会受到阻滞，东鑫集团的利益也会有重大损失。梁越这些文雅语言翻译成通俗语言，就是警告对方，这些土地现在出手还能收回不少钱，东鑫集团亏不了，扣除当年付出的极低地价，以及近年的投入，其实还有赚。但如果马镇咬住不放，来日就别指望了，搞不好血本无归。

马镇表示：“这个事可以谈。”

这是马老板听进去了，就此松口了吗？其实没有。他只是对他的庙感觉不安，担心梁越突然下重手整治，于是亲自前来救火。马镇的目的是想把该庙划入“民俗文化园”，以求合法化，保住现有状态，再图扩展。马镇知道见面肯定要谈及那两千亩地，他以退为进，一边说可以谈，一边让小马吊高价，提出的补偿价格高得离谱。这符合利益最大化原则，实则是要梁越知难而退。双方立场差距巨大，其后的协商一直磕磕碰碰。整个商谈过程中，马镇提出各种理由，动用各种关系施加影响，节骨眼上，总会有不同的重量级人物从省城，甚至北京为他出面，电话直接打到梁越那里，了解情况，提出要求，多方过问，让事情变得分外棘手。马镇在这方面堪称老手，以往我所经历的几轮磋商，最终不了了之，主要原因都是因为这种压力。据我观察，比之前几任书记，梁越只是多了一副眼镜，且疑心更重，并不显得更强悍。但是他比较强硬，或称固执，会比其他几位坚持得更长久。

后来林成文在“拉练”中倒地不起，由我暂时主持县政府日常工作。这是惯例，即使是县委书记有看法，没有足够理由也无法反对。但是梁越还是表现了态度，就此跟我谈了一次话，其间又提到马镇。

“为什么马老板消息那么灵通，刚研究的事情，转眼就传到他那里？”他问。

我开玩笑：“他有卧底。”

他笑笑：“会是谁呢？”

我理解他是在给我敲警钟：务必站稳立场，不要寻机叛变。

关于马镇，他问我还有什么有趣的故事可以告诉他。我又提供了一个故事，是自己与马镇的初识。当年我在下边当乡长，被抽到省里去学习。有一个周末，几位来自本市的老乡到一家土味馆聚餐，一位煤老板也来凑热闹，席间还借上洗手间之机，跑到前台买单，让我们白撮了一顿。这煤老板就是马镇，当时他已经从山西、河北杀回本省开钢铁厂，开始小有名气。那一次我跟他恰好邻座，席间彼此攀谈，他给我的印象相当深。这个人话不多，不动声色，大有城府。我发现他对每一道菜里的肉都特别有研究，知道这一块肉叫什么，从哪个部位割下来，但是他却不碰那些肉。一问，原来他当过职业屠夫，却吃素。另外还有一个印象，就是他结交很广，说起某领导他认识，说起另一位他还一起吃过饭，省市县全方位覆盖。据我所闻，往昔乡间屠夫往往有一种特殊本事，一眼就能看出某头猪有多少斤两，宰了能赚几个钱。马老板应当是此中高手，除了看猪还擅长看人。人各有特点，有人爱财，有人爱玩，有人爱名，看准了便能投其所好，一刀见血。据说马老板为结交重要人物非常舍得，要时间有时间，要人有人，要钱有钱，跟当年地质队小技工被杀猪刀顶着也不吐一文完全不是一回事。撒开大网，广种薄收，一旦需要就用上了。但是马老板从一开始就没看上我，或者说他可能一眼就把我看透了：这个姓董的不靠谱，没啥用，不必太当回事。所以我现在见到他时感觉特别轻松。

“真的吗？”

我自嘲：“差不多吧。”

那时候协商陷入泥淖，外界传闻很多，据称马镇把状告到首都几大部门去，谋求有分量的人物出面干预。有的传闻直接打击梁越，称梁越为了谋求个人政绩，同利益集团相勾结，以发展新产业为名，一意孤行，逼迫、伤害民营企业。梁越压力山大，但眼睛依然在镜片后边灼灼闪光，不时还会跟大家“亲自”开开玩笑，故作轻松。协商遥遥无果，手头可供选择的方案很少，无论是强制收回、偃旗息鼓还是诉诸法律打官司，都会碰到大量棘手问题。如此骑虎难下，表明当初我所谓“与虎谋皮”的说法不是无端恐吓。这种情况下，梁越一边督促协商，一边马不停蹄地推动光伏产业园区规划，亲自跑北京、上海、广州招商，请若干重点新能源巨头前来考察，志在必得，不留后路，其固执，或称顽强表现得淋漓尽致。

然后魏秀山传来意外消息：对方突然口风松动，愿意考虑本县提出的条件。

梁越下令：“快跟进。”

我感觉非常惊讶。此处有疑问，马镇态度

突然反转必有缘由，究竟是因为啥，不得而知。

两个月后，一份三方协议在本市签署。协议主要内容是东鑫集团同意将手中的两千亩土地转让给本县光伏产业园开发公司。该公司主要股东为一家新能源头部企业，本市及本县亦以所辖投资集团名义投资参股，各占一定比例。本县政府作为协议第三方，负责土地交接与结算以及其他相关事项，为协议执行提供保障。除了这份协议，东鑫集团在本县石坎乡投资建立民俗文化园项目也正式报批。

至此，事情并没有尘埃落定。协议签署后，东鑫集团提出一系列具体问题，包括要求对其先期投入进行补偿等。魏秀山的工作小组与之进行多方协商，取得若干进展。不料事态再度反转，在我与马镇竹寮温汤相逢的第二天，对方掀桌子翻盘。

三

出事那天是周一。上午七点五十分，我到

达会议室时，椭圆形会议桌旁已经基本坐满，只差正中主位空缺。

我开了句玩笑：“哇，太阳从西边出来了。”

会议室内各位领导一起发笑。立刻有人把矛头对准我。

“董主持，今天中午给我们什么汤？紫菜蛋花物美价廉。”他们起哄。

我宣布中午盒饭配发高级汤品，给各位领导上鱼翅燕窝，一人一盅，各自买单。

众人大笑。

大家也就是趁老大不在场，过过嘴瘾。那天确实有些奇怪，梁越居然迟到了，这就是我所谓的“太阳从西边出来了”。说来他也并未迟到，只是他通常会提前十分钟坐到主位上，调侃比他后到的领导比书记都忙。谁要是真的迟到，他就会拉下脸查问究竟。让他说上一两回，大家便都尽量提前十分钟到会，与书记保持一致，除非有非常特殊的情况。这天他未能像平常一样提前到达，就给了大家一段难得的放松时光，容大家彼此开开玩笑。当天上午会议议题较多，估计中午还得吃盒饭。所有盒饭无不油大味重不利健康，偶尔尝鲜可以，经常食用就好比吞咽垃圾，因此大家不免有牢骚。所谓“敢怒不敢言”，除了我有时装装傻，其他人没有谁敢当着老大的面说三道四，此刻却可以拿我开涮，一起快乐片刻。

八点整，梁越未至，众人面面相觑。

我问周丁顺：“周主任，梁书记没交代什么吗？”

他张张嘴巴，没待回答，手机响了。

竟是县公安局办公室急报：今天早晨七时十五分左右，我县虎爬岭路段发生一起车祸，一辆轿车与一辆货车交会时被撞出路基，翻下路坡。交警接报后立刻赶到现场处置，救出车上两名伤员。两人均已重伤昏迷，由 120 急救车送往县医院。经初步核实，该轿车为县机关车队车辆，伤员之一似为县委书记梁越。

全场大惊。

我用力拍了一下桌子：“散会，各就各位。”

几分钟后，我带着周丁顺赶到了县医院。

其中一位伤员已经不治，未及入院就停止呼吸，直接去了太平间。另一位还有气，急送手术室。根据医生收治记录，可断定死者为车队驾驶员，梁越目前在手术室里，生死未卜，医生们正在全力抢救。

我对院长交代："想尽一切办法，需要的话立刻向市医院求助。"

"会的。"

这个交代其实不用我说，但我还是必须说。

我把周丁顺留在医院，守在手术室外随时掌握情况，我自己立刻赶往虎爬岭出事现场。在我之前，县政法委书记已经从会场直接前去。

现场很惨。小车被撞出路基后，从路坡上翻滚而下，掉到下边一条沟里，两个点落差超过十米。由于车速很快，加上那面路坡很陡，布满大小石头，轿车在摔落过程中接连与巨石棱角碰撞，落地后基本散架，车身残破部件甩得到处都是。此刻轿车坠落现场已经被警察用隔离带圈出保护。坡顶路面上，肇事的大货车还停在路旁，完好无损，司机惊魂初定，还在接受警察讯问。

县公安局副局长许瑞发在现场指挥处置，根据他介绍，初步认定事故责任在大货车司机。此人涉嫌超载、疲劳驾驶和超速。虎爬岭路段坡度大，货车顺坡下行，驾驶员没有控制好，车速明显超过本路段限定。轿车是沿公路外侧上行，与货车交会时恰逢弯道。由于当时路上车辆少，货车驾驶员注意力不集中，可能还打了瞌睡，突然发现对面来了辆小车，货车驾驶员惊慌失措，踩刹车过猛，方向盘没有握紧，货车车头突然左甩，与轿车车身相擦。轿车司机紧急闪避中，右前轮脱出路面，车身失控冲下路坡，迎面撞到一块大石头，随即从路坡翻滚下去。车上两个人中，前排驾驶员被安全气囊压住，一直随车翻到沟底。坐在后排的梁越在翻滚撞击中与被撞脱的车门一起甩出去，被抛落在路坡上。他身上的物品包括公文包也被抛到路坡上，里边的材料、文件与脱落的轿车部件混杂，散落在周边。此刻现场已经受到有效保护，无关人员无法进入，接下来警察会对隔离区域进行地毯式搜索，寻找重要证物及回收重要物品。

“董副县长有什么指示？”许瑞发请示。

警察处理车祸有其规范程序和要求，这方面无须我多嘴。我只是强调情况特殊，梁越书记的公文包里可能有重要的内部文件资料，不能遗弃于现场，务必仔细搜索收回。一些个人物品也需要妥当保护，避免泄漏造成不利影响。

“明白。”

我还问了一个问题，现场出警的警察是否都来自交警大队？许瑞发点头。这很正常，交通事故当然归交警处理。

“马上调几个刑警来。”我要求，“要最有经验的。”

许瑞发吃惊地看了我一眼。

“以防万一。”我说，“在完全被排除之前，任何可能性都存在。”

“是，是。”

我再次强调：“记住，这个很重要。”

“记住了。”

一旁的政法委书记加了一句：“注意保密。”

“明白。”

这时手机响了，是市里领导。通常情况下，市里领导不会直接找我，今天例外。

梁越出事后，县委办公室在第一时间急报市里。市领导得知后很着急，打电话向我了解。我把自己在医院和现场掌握的情况简要报告，询问领导有何指示。领导称已命市卫生局组织市医院专家组立刻赶来，参与抢救梁越，要求我们做好配合工作。这当然没有问题。我向领导提了个要求：梁越书记状况危急，本县县长林成文还在养病，县里领导力量严重不足，群龙无首，可否请求市委与上级联络，让刘可明副书记先回来？

刘可明是本县副书记，前些时候去省里学习。

领导指示："你要先顶起来。"

"明白，放心。"

所谓运气到了，挡都挡不住。此刻我无处可逃，必须得先顶上去，所以才马不停蹄亲自跑医院，亲自跑现场。作为"老兵油子"，我很清楚这种时候绝对开不得玩笑，有如战场上连长、指导员相继阵亡，当副连长的就得硬着头皮顶上去带队往前冲，哪怕对方狙击手正在瞄准，要来个枪打出头鸟，也不能躲闪。

我在现场强调必须调刑警参加，不是没事找事，而是确有需要。因为有疑点，需要有合理的解释。眼下最大的疑点是梁越怎么会在虎爬岭出事？虎爬岭位于本县东南部，经过该岭的是一条县道，坡度大，弯道多，出事的概率较大。从出事地点到县城，正常通行时间大约是半小时，用这个时间推算，如果不出事，梁越将在七点四十五分左右到达办公大楼，恰好能在上午会议之前十分钟坐到他的主位上。虽然时间是吻合的，路径却有问题。据车队出车记录，梁越于昨日，也就是星期天的上午才离开本县到省城去。梁越是省城人，家在省城，其职责范围内有许多重要事务需要通过省里的部门办理，所以他前往省城很正常。昨天他赶赴省城，有可能是工作事项，也可能是家庭事务。事前他谁都没有说，包括周丁顺，这其实不是问题，放在他身上很正常。毕竟是一把手，自由裁量空间比较大。且该领导如我私下调侃的“总是神出鬼没”，你刚听说他去了漠河，转眼他却在三亚给你打电话，就是这么精力充沛，乐于奔走。鉴于此人性格特点，他在本县与省城间跑马拉松并不奇怪，但是那样的话，他的轿车从省城返回时应当在本县西北方向的高速公路收费站驶出，通过一条十公里长的连接线进入县城，而不是多绕行数十公里，出现在东南方向的虎爬岭。比之虎爬岭县道，高速连接线宽阔平坦，安全系数高得多，如果梁越走那条路，绝不可能被一辆货车撞翻至路坡。

这个问题需要有一个答案。交警可以处理路面事故，让他们来核查车辆行踪似有不当，需要其他方面的警察来帮忙。该情况当事者当然最清楚，只是死者已经无法开口而伤者生死未卜，我们有必要尽快搞清楚，所以要刑警介入。

这个任务于警察并不困难。当天晚间，许瑞发赶到了我的办公室。由于任务是我交办，且目前是我在主持工作，相关进展有必要直接向我报告。

他们找到了轿车上的行车记录仪。这东西好比失事飞机的黑匣子，里边存有各种资料。行车记录仪在事故中严重损坏，已经成了一堆零件，幸而警察里有技术高手，他们解读了仪器磁盘的信息，还原出大部分图像。相关图像可证实此前交警的初步判断，事故全责确实是在货车司机。警察根据这些图像，比对县公车服务平台的定位资料，查到了该轿车本次出行的行踪，列出了时间表。根据这张表，该车离开本县后，于昨日下午二时到达省城，进入一个居民小区，停在一栋住宅楼下，约半小时后离开，又驶往一处机关大院。经辨别，确定为省政府大院。该车在内部停车场停了约两小时，而后离开，行驶半小时后进入一个地下车库，以行程判断那应当是省城中心区域。轿车在那里停留了一个来小时，而后驶离，出城，上高速。两个半小时后从高速口驶出，进入城区道路，最终停在一大型地下停车场，从晚十点到今天清晨五点。清晨时分该车离开地下停车场，上路后直奔本县。根据一些标志物判断，轿车最后停靠的地下停车场位于一个大学城内。

我点头："这就对了。"

这个大学城在本省东南的另一座城市，从那里到本县要走另一条高速，下高速后有两条路到县城，虎爬岭这条路是近道，行程缩短二十分钟。梁越抄了近道，试图提前十分钟赶到会场，结果事与愿违。

那时候梁越已经从手术室出来，送进了重症监护室。市、县两级专家使出浑身解数，暂时把他的一条命拽住了。据周丁顺传回的消息，他身上几乎没有一块好肉，内脏千疮百孔，脊椎骨折，颅内出血，还能呼吸已经堪称奇迹。医生尽一切可能为他做了手术，止住出血，稳住心跳。接下来要看他的造化，能不能挺过来还很难说。

“这个人咱们还不知道吗？他能挺过来。”我断定。

说实在的，那时我满心发酸。这个人真不该碰上这个。尽管他对我有所猜忌，让我感觉不爽，此刻想来算什么呢，人家也是出于公心。

许瑞发手下的警察从行车记录仪资料分析出的几个停车点中，仅省城中心区域那个地下车库尚未辨别清楚。车在那里停了一个来小时，算是比较长的，以时间判断似乎是去用晚餐。有干警提出，根据几个路口标志物，该地应当是在省城东部，东鑫集团总部大楼那一带。

我有好一会儿说不出话。

“董副县长有什么指示？”许瑞发问。

我要求跟进省城地下车库这条线索，马上派干警前去核对该车库确切位置。如果与东鑫集团有关，那就继续查，可以请省城警方帮助，调看该大楼的相关监控资料，查清这辆轿车停车后发生过什么。车辆停泊后，车上的行车仪不再工作，却可以查停车场里的监控，它们始终在那里盯着。

“这个……”他似乎有些不解。

“你们有没有发现车上重要机件异常，有做过手脚的痕迹？”

“目前没有。”

轿车已经摔烂，要从一堆破烂里发现蛛丝马迹实属不易，哪怕经验丰富的老手也需要足够时间，就好比空难调查动辄数年。但是我不能不注意，如果那辆车果真停到过东鑫集团的车库，那尤其让我不放心。我们与马老板正在相持，对方为了自身巨大的经济利益，有可能无所不用其极。马镇是白刀子进红刀子出的主，必须谨防其使出黑恶手段。梁越无疑是他们最想搬走的障碍，让梁越消失，事情可能会是另一种结果。如果是这样，这起车祸就不是一起普通交通事故，而是重大刑事案件。

应当说这不是我凭空想象，从一开始我就有所担心，所以才强调要刑警参与调查。梁越车祸发生在双方相持的一个敏感时间点，此前一周，我被请到竹寮温汤与马镇见面，其过程有些神秘，却又止于泛泛而谈，没有任何实质性事项，我至今搞不明白马老板究竟想干什么。可以断定当时马镇是在为掀桌子翻盘做准备，如果他还有一个配套措施，试图搬走梁越，那么就有必要提前跟我接触，如叶辰所说：“你可以有个态度。”一旦梁越消失，接下来我的态度有可能严重影响事情的走向。这种推测从逻辑上似乎成立，因此也让我格外担心。

现在必须以最快的速度获得证据，无论是确认还是排除。如果梁越昨晚果真去了东鑫集团，那儿一定有些什么事情。但是我不能要求警察去查，就好比我不能要求警察去了解梁越到省政府大楼找谁，为了什么事一样。梁越可以根据工作需要去任何他觉得应该去的地方。如果有问题需要调查，那也得由上级决定，我没有这种权力。但是我也可以督促警察必须把车祸的真实原因找到，如果它有可能涉嫌刑事犯罪，哪怕只有一星半点迹象，我也有责任盯紧。

我对许瑞发要求："动作要快，务必严格保密。"

"我马上安排。"他说。

他还向我报告了一个情况：按照常规，相关事故必须检查是否存在酒驾、醉驾情况，办案警察发觉损毁轿车里有股酒精味。

我吃惊："司机喝酒了？"

他们为死者做了检测，血液里没有酒精成分。

"那不可能。"我断然否定，"梁越不喝酒。"

但是警察从梁越的公文包，以及现场一件外衣的衣襟上检测出酒精成分。据分析那是梁越的上衣，被他脱下来放在车座上，摔车时掉落于路坡乱石间。

"这怎么会呢！"

许瑞发还提到了一些个人物品，名片、衣物、眼镜布，等等。梁越被抬走时，只有一只脚有鞋子，另一只掉了。警察在一丛杂草中找到了他的那只鞋子。他的眼镜也被找到，居然没有摔坏。另外就是纸质材料，东一张西一张掉在路坡上，有红头文件，有简报，还有一份《个人情况与述职报告》。

“述职报告？”

“是的，”他重复，“《个人情况与述职报告》。”

我要求他们把现场收集的文件资料汇总，立刻封存，留待处理。除非办案需要，经过批准，否则任何人都不能看。

我注意到许瑞发似乎还想说什么，却欲言又止。

“尽管说，都告诉我。”我下令。

许瑞发说，警察还发现了一些照片，零零星星散落在出事现场路坡上。一共有十二张，都是年轻女性，一个比一个漂亮。

我不禁一愣，好一会儿才问：“是哪个人找到这些东西的？”

“现场的交警和刑警相当多，他们一起搜集证物，照片东一张西一张，大家都看到了。”

“告诉每一个人，情况还没搞清，不要乱

说话。”我说。

“明白。”

他告辞，赶回局里安排。

而后我再次前往市医院。医院院长和周丁顺陪着我，隔着重症监护室的玻璃墙探望梁越。梁越一动不动像一段木头，头上包着绷带，身上插着各种管子，如他平时开玩笑所说，“亲自”躺在病床上。他的眼镜没在眼睛上，乍一看似乎变了个模样。

我在那里见到了梁越的夫人。我们以前见过。梁夫人姓方，在省城一所中学当老师，他们有一个女儿，即将升入初三，眼下在加强班为来年中考备战。梁夫人接到车祸消息后，把孩子托给家里人关照，自己独自赶来，车祸消息还瞒着孩子。

我说：“方老师放心，他能撑住。”

“谢谢。”

当着我们的面，她眼泪落了下来。

方老师接到告急电话，从省城急急忙忙赶来本县，除了带上身份证和手机，其他的都顾不上。但是她还是带来了一份证件，是《无偿献血证》。她把这份证件交给周丁顺，询问其夫手术中是否需要出示这个。还说网上也可查到梁越的无偿献血记录。周丁顺一问，大吃一惊，原来梁越几乎每半年就会去献一次血，其献血量早已十倍于终生免费手术用血指标。梁越下来当县委书记后依然坚持献血，但他从不在本县献，也从不声张，都是利用回省城的时间，到某个路边献血车去“亲自”捋袖子，像年轻大学生一样，所以我们都没听说。像他这种当书记的人，一旦给抬到手术台上，需要为血源或者输血费用发愁吗？根本不会。

据方老师讲，昨天下午两点来钟，梁越匆匆回家一趟，喝了一杯水，拿了几件换洗衣服，然后便离开，说是有事去省政府，办完事后要赶回县里。她说的情况跟行车记录仪记录可以对上，但是显然她不知道梁越其后的一些活动，包括疑似前往东鑫集团地下车库和大学城地下停车场。梁越对夫人称将于昨晚返回本县，实际上他在外边住了一夜，今晨才匆匆赶回，带着可疑的酒气和十几张年轻女子的靓照。应当说只要不妨碍公务，他跟谁喝酒，他喜欢哪种女子照片都是个人隐私，不属于本次交通事故调查范围，问题是当个人隐私与破碎的轿车部件混杂并散落在路坡上时，谁也无法把它们截然分开。

我说："方老师保重，为了梁书记，也为了孩子。"

这种时候只能说这个，且任何语言都沉重无比。

当晚午夜过后，一组警察急赴省城，第二天一早即展开工作，他们迅速确定轿车所记录的地下车库确实就在东鑫集团总部大楼底层。警察通过省城警方协助，进入该集团监控室核查了监控资料，确认那天傍晚梁越的轿车确实进入该车库。车停泊后，有两个人一前一后下了车，正是梁越与驾驶员。他们没有一起走，梁越进入停车场电梯间，应当是坐电梯进了大楼内部，而驾驶员则通过人行通道出了停车场，应当是到外边找地方吃晚饭。录像资料显示，仅过了四分钟，有一个身着保安服的男子走到这辆车车头仔细察看，并用手机拍了几张照片。此举表明这辆车从一开始就被注意了。应该说该车受到注意不奇怪，它挂的不是省城车牌，车身还有“公务”标志，这种车总是会吸引眼球。梁越如果有心微服私访，他需要换一辆车才行。大楼地下车库是企业内部车库，并不对外开放，外来车辆进入，需要事先安排，或者持有允许临时停留的凭证。车库保安把车放进来，表明该车已获许可，紧接着又跑过来拍照片，这就有些奇怪了。对方对此的解释是“例行检查”，显然说不过去，令人生疑。除了这个疑点，倒也没有更多异常，在保安服男子拍过照片之后，偶尔有人走过，但没有发现有人在车边做手脚。如此看来车祸与该公司地下停车库似乎没有直接关联。至于梁越跑到对方的老巢去干什么，是闲来逛逛、微服私访，是深入虎穴或者私下密谈，目前一无所知。

不料答案转眼到达，自动前来。

第二天，马镇的儿子小马给我打来一个电话。

“家父让我代问董县长好。”他说。

我即更正：“我们有一位林县长，姓董的只是个副手。”

“马上要转正了。”

“谢谢，等令尊给我发文件。”我调侃。

哪想他真有一份文件要发给我，需要我的微信号。

“听说董县长派警察来查我们，家父说可不能怠慢了，表示欢迎。”他说。

果然如梁越所想，人家在我们身边有卧底。这个卧底当然不是我，不需要抛硬币问卦，我自己和小马都很清楚。

小马称，他们得知受到警方注意，感觉非常诧异，在公司里自查，这才发觉那天傍晚他们总部大楼里来了个不速之客，竟然是梁越书记。梁书记不请自到，却没有声张，没有与公司里任何人接触，甚至没有东张西望。看起来他只是来观察马董事长气色，听一听老马的重要讲话，然后就拍屁股走人。

“莫非你们让他吃得太饱了？”

“要是请他吃饭，还能不知道他来？”

“那么你们就让他饿着肚子听令尊讲话？”

“他不是喜欢在车上吃面包喝矿泉水吗？”

“好像有点奇怪。”

“董县长自己看吧，文件肯定不是AI做的。”

他直截了当，声明他们是刚得知梁越车祸消息，其父表示痛心，亦请我们代向梁越的家人表达慰问。其父说，尽管彼此有利益之争，梁越碰上这种灾祸还是让人同情。梁越的治疗以及其他事项，如有需要东鑫集团协助的，一定鼎力相帮。他们认识很多好医生，北京、上海的都有，国外的也有。

我问：“马公子的好医生拿什么牌子的手术刀？”

小马担保拿的肯定不是杀猪刀。他父亲早

已金盆洗手，放下屠刀，立地成佛，所以才有今天。不要因为一辆车停到他们那里就疑神疑鬼，查东查西。他父亲早是社会知名人士，他们没必要那么干，眼下用不着，日后也不需要。

“你们请梁越书记去你们那里干什么？”

他再次声明他们没有请梁越去，也不知道梁越为什么要来。梁越没在他们那里喝一口水，更别说酒。他们只是在警察调看监控之后才知道梁越曾经来过。

我不由在心里骂了一句。他们果真啥都知道。

马镇跟本县渊源很深，梁越车祸中若干细节比较敏感，我强调要保密，却也很难规定为机密。事件涉及一把手，外界格外关注，会有人喜欢打听并传播，现场人员较多，做到滴水不漏实在不容易。

小马给我发来的文件是几个视频，可以看出都是从监控资料中剪辑，画面上都叠印着记录时间。几个视频分别取自不同探头资料，时间线却能连贯。从梁越进了停车场电梯，从电梯上到大楼某层，然后进了一个会议室。有一个活动在此举办，有摄像机拍摄了全过程。从摄像资料时间线看，大约在梁越到达十分钟后，活动开始。先是马镇出场讲话十分钟，然后是一个颁奖程序，接下来是获奖者逐一发言。马镇在颁完奖后没再露面，镜头便离开主席台向下扫描，一排一排，到了倒数第二排，有一副眼镜被扫进镜头，正是梁越。他没闲着，举着手机在“亲自”拍照，姿态有别于平时“亲自”坐在主席台上让人拍照。

如果这些视频资料属实，那么梁越夜访东鑫集团总部，确实没有见谁，也没有被谁接见，更没有跟谁一起吃饭喝酒。他在那里参与的活动与他亲自谋划并指挥的本县两千亩土地回收案似无关系。会场会标表明那是“东鑫集团奖学金表彰大会”，为该集团助学基金的年度活动。

我颇感不解。考虑到梁越总是“神出鬼没”，如我私下调侃，他不声不响探子一般置身于那个会场似也不奇怪。或许他需要从侧面了解一些情况，以便知己知彼？但是此处有疑问。我可以断定这几个视频和小马的言辞都只是部分真相，事情肯定不像表面显现的那么简单明了。我相信对方从一开始就知道梁越来了，他们只是不承认而已。不承认就是疑点，其中必有原因。

县委办公室主任周丁顺提到了一个情况：梁越确实原定于当晚返回本县，一如他跟其夫人所说。大约下午五点二十分，梁越与周丁顺通过一个电话，让周丁顺将周一上午会议的议程略做调整，将原来排在后边的“研发中心”项目提到前边，放在第一个。当时梁越还让周丁顺把调整好的议程打印出来，放到他办公室，他回县后要审阅。周丁顺问他大约几点到？梁越回答：“晚上十点左右。”从这个电话推论，当时梁越预定在离开东鑫集团大楼后即驱车返回。但是到了晚八点他又给周丁顺打了一个电话，称有事，今晚不回县里，明天一早赶到。以通话时间推论，这个电话是他离开东鑫集团之后打的，显然他是在那座大楼里改了主意，很可能那里发生了一些什么事情，且与马镇有关，只是被小马剪裁于“文件”之外。

问题是梁越已无法言说，对方则一口咬定没有，不承认。

四

许瑞发他们对大学城地下停车场的情况也做了了解。大学城停车场属于开放式收费停车场，如果有某个黑恶势力打算“修理”某一辆轿车，那不是特别合适的地方。但是选择容易被忽略的地方下手，安全性反而更高。假设是东鑫集团搞鬼，比在他们自家楼下搞，远远跑到大学城那边动手当然更有助避嫌。类似勾当既可以自己做，也可以外包，只要提供时间、地点和车牌照片等必要信息。东鑫集团的保安曾在地下车库为该车拍过照片，他们有可能在与梁越的接触中得知他的行踪，甚至有可能是他们让梁越改变连夜返回本县的打算，把他的车引到大学城停车场。从时间与技术角度看，比起其他地方，在本次行程中最后一个停车点，大学城地下停车场下手，无疑最有把握。这是一种极限怀疑，涉及严重刑事犯罪，特别是犯罪目标瞄准一位现任县委书记，虽严重到难以想象，却不能不作为一种可能。涉及巨大利益，且自认为能做得天衣无缝时，会有人铤而走险。这种事永远不能想当然或止于阴谋论，必须深入了解，掌握证据，有嫌疑便抓住不放，反之则彻底排除。

警察在大学城停车场没有发现异常，却也未能完全消除怀疑。

有一条新线索突然出现：证物检查小组警员在他们现场收集的，铺满半个库房的轿车残破机件中发现了一个异常物。该物件仅两根成人指头大小，为磁铁吸附式，已经在车祸中损坏，初步判断是一种微型 GPS 定位器。

梁越的车是公务车，车上装有定位器，以供公务车管理服务平台掌握行车动态，这是眼下公车管理的规范措施。这个定位器已经找到，还基本完好。令人意外的是在一堆破烂机件中居然还藏着另一个定位器，后者疑似外来产品，与警察熟悉的国内常见车辆定位追踪器都不太一样。这表明这辆轿车受到了非法入侵，有人把它吸附于车底板，以窃取该车行车信息。

许瑞发迅速向我报告情况，我一听，张嘴开骂："好大的胆子！"

警察已经把该设备急送市局，请专家帮助做技术鉴定，看能否找到相关线索。在这方面，仅靠县局有限的技术力量与手段，难以锁定目标。

我表扬许瑞发："你们已经抓住了敌人的一条尾巴。"

就目前情况分析，马老板值得高度关注。

那天晚间半夜一点，我在家中已经入睡，电话铃声骤然而起。

是医院告急。梁越在重症监护室突然停止呼吸，被再次送入手术室。

十几分钟后我赶到县医院，周丁顺也已经到达。

"只怕，只怕……"他很紧张。

我说："不怕。"

那段时间梁越一直没有离开重症监护室，人从未苏醒，但从指标上看有向好迹象。方老师提出，让梁越转院至省立医院。我表示不急，以医生建议为准。应当说让梁越转到省城大医院，可谓对谁都好。省立医院医疗水平和设施条件远在县医院之上，病人到那里可以得到更好的救治。梁越是省城人，在省直机关工作多年，其亲友也多在省城，住进省城大医院更方便家人照顾。梁越的女儿来年就要参加中考，不算面临人生第一搏，也是相当要紧，此刻妻子请假来本县照顾丈夫，女儿只能放养，梁越转院有助于其妻兼顾女儿。对我们当然也好，虽然增加了前往医院探望慰问的距离与时间，却也减轻了责任，至少不需要这般一旦有事半夜三更也得赶到医院。

但是我没有松口，坚持必须让医生拿主意。医生倾向于保守治疗，认为病人情况很不稳定，到省里大医院固然于救治有利，但怕他撑不过这一路颠簸。事情尚在商讨中，梁越再次濒危，再进手术室。

梁夫人方老师已疲惫不堪，她对我摇了摇头：“不知道能不能……”

“他能撑住。”我断言。

如我所料，梁越经历了第二次开颅，又一次从死亡边缘挺了过来。

我从医院回到家时，天已经大亮。一个电话打到我手机上：“董县长辛苦了。”

我说：“是董副县长。小马总又要给谁发文件？”

他竟然已经在县政府值班室恭候，称有一件急迫事项需要向县政府领导“汇报一下”，同时提交一份文件，是关于施工队的。小马说他本来在广东看一个项目，是临时奉其父之命赶来的，事前了解到我在县里，今天上午会到政府大楼开会。

我表扬：“小马总消息真灵通。”

“做企业嘛。”他表示，“董副县长放心，不会多打扰。”

“没事，欢迎打扰。”

早饭顾不上吃，我赶到政府大楼，路上给魏秀山打个电话，请他马上来，一起跟小马谈。魏秀山叫道：“他怎么跟得这么紧！”

我交代：“注意，咱们只听，不表态。”

小马所谓的“施工队”是这么一回事，梁越出事前研究确定过一个项目，要在未来光伏产业园区的滨海高地建设研发中心，作为产业园第一座建筑物，以此拉开园区建设序幕。按照规划，那一块高地是来日园区的核心区域，除了研发中心，还将建设物流、通信、供电及行政服务设施。滨海高地与马镇掌握的那块土地紧挨着，待马镇手里的土地收回后，与之合为一体，共同建成光伏产业园。梁越以其标志性的快节奏，一边安排解决土地问题，一边着手推进产业园的各项准备工作。梁越出事那天，原拟上会讨论的第一个议题就是建设研发中心若干具体事项，作为首发项目，此事已数次上会研究，项目总体进展很快，所安排的施工队已进场开始前期准备。滨海高地原本没有通路，施工必须先开路，道路经由马镇的两千亩地这一侧。按照已经达成的三方协议，这块土地的使用本已顺理成章，可马镇突然翻盘就不一样了。如果协议被终止，整个光伏园区都无地可落，滨海高地通行成为问题，孤零零建一个研发中心也就毫无意义。

小马给了我们一份东鑫集团公函并口头表示，“恳请”县政府在其特钢园项目土地归属确定变更之前，暂缓涉及该地块的施工作业。他们对滨海高地相关项目施工并无异议，只要不占用他们的地块就行。

魏秀山说：“马总很清楚，那里只有一条路可走。”

小马说：“可以不那么着急，等事情定下来再说。”

我问：“哪里还没定下来？咱们没签过协议吗？”

小马笑笑：“董副县长比我更清楚的。”

我也笑，称我很清楚东鑫集团要求就终止三方协议进行协商。这事县里很重视，梁越书记亲自召集党政班子领导讨论，确定了几条，表明了态度，已经正式反馈答复了。

“我得跟两位领导说明一个情况。”小马说。

他从公文包里取出一个信封交给我。信封很薄，比蝉翼略重。我打开一看，里边只有一张照片，照片正中是梁越，在“亲自”与人握手，对方是马镇。

小马再次强调照片是真实的，不是伪造的。拍照时间是梁越出车祸的前一天晚间，地点就在省城东鑫集团总部顶楼会场外走廊。

“你说过他并没有跟你们接触。”我说。

“不好意思，我只能那么说。”

他解释称，当晚梁越出现在东鑫集团总部，事前确实没有联络他们。他们也确实没有邀请梁越，梁越的司机开车进入地下车库前出示的是别人的请柬。只是车库保安感觉异常，将那辆车拍照并报告，他们才发觉竟是梁越到来，赶紧报告马镇。马镇在台上讲完话就下来，赶到会场外，让手下人悄悄进去把梁越请出来，两人在走廊上见了一面。马镇利用这个机会，当面向梁越再次提出请求，希望通过协商终止三方协议。梁越明确表示可以再研究。由于马镇当晚还有一个应酬，梁越也要赶路，两人谈了十来分钟就握手道别，身边有人用手机拍了这张照片。之所以一开始不说明情况，是因为梁越本人有要求，不希望被外界所知，他们必须照办。如果梁越没有遭遇车祸，或者没有大碍，这次会面无须多说。现在看梁越身体情况不乐观，恐怕很难自己出来说明，加上警察已经介入，作为当事的一方，他们集团有必要讲清楚。

“这个情况我们会核实。”我表示，“也许明天梁书记就忽然睁开了眼睛。”

小马竟建议送梁越的家人到石坎乡张飞庙去烧一炷香，也许可以帮助他尽快恢复。梁越要能忽然醒过来，对谁都是好事。

“小马总别搞砸了。”我调侃，“梁书记对那块地的态度一向非常明确。”

“他已经改主意了。”

据小马说，那天晚间梁越到东鑫集团大楼

之前，曾到过省政府大楼，是被一位省领导叫去个别谈话。梁越本人还另外有些情况，所以他才改变了态度。如果不是发生意外车祸，那块地的问题可能已经解决了。因此这次车祸中损失最重的，除了梁越本人，就是他们东鑫集团。事情明摆着，还需要让警察查这查那吗？此刻梁越仍然不省人事，事情却不能一直等下去。他们也清楚，书记、县长都不在位，眼下很难做重大的决定。土地协商不可能马上进行，滨海高地上的施工却可以相应暂缓。如果不能缓，就请县领导另行考虑道路问题，从另一侧开路，或者走海路，只要不占用东鑫集团所属土地，他们无权干预，也不会多嘴。

我分析小马匆匆前来送文件，一个目的当然是要表明他们与梁越出车祸无关。当然，主要目的还是为那块地，所谓“暂缓”的要害是“缓”。对董副县长、魏副县长等众领导而言，“暂缓”总比不管三七二十一继续干少惹麻烦。但是，这一“暂缓”有可能就是那块地就此搁置。它已经因各种“暂缓”搁置多年，继续搁置下去又怎么样？光伏产业园胎死腹中也不关马老板的事。

但是我能怎么办？

我问：“魏副县长，你的意见呢？”

魏秀山做思考状，停了几秒：“恐怕得研究一下。”

我说：“事情是梁书记定的，是不是还得先请示他？”

小马叫：“他还能说话吗？”

“凡事皆有可能。”我说。

“家父特地交代，请董县长务必多关心支持。”

“是董副县长。”我说，“代问令尊好。告诉他，这个事我们会认真对待。”

小马匆匆离去，我不知道他是不是真的去石坎拜张飞了。

当天上午有个会议，我命会议暂缓，自己跑到县委楼那边找刘可明。刘可明已经奉命回到本县，主持县委日常工作。他知道是我请求市委出面把他弄回来的，一见我就骂：“你老兄是让我回来当煎饼啊。”

我嘿嘿笑：“有难同当，不能只我一个外焦里脆。”

事实上他也清楚，即使我不提议，上面也会把他叫回来。应当说，如果是在平时，他会很愿意有一个表现机会，哪怕只是主持工作。可是如果要来料理麻烦事，那就难免力不从心，感觉头痛。

我把小马送来的文件给他看，询问他有何高见。

“你说呢？”他反问我。

我表示，以目前情况看，如果继续施工，对方肯定要上下折腾。凭我们的力气，对付起来也费劲，让施工先停一下当然最稳当。

他直截了当：“我同意。”

我建议他召集党政两套班子议一下。

“这个事政府就可以搞定吧？”他说，“人家这份函也是发给县政府的。”

我觉得还是一起再议一下好，因为是梁越召开两套班子会议确定进入施工，现在如果有变化，在原范围内研究会比较合适。

“不如这样，你们县长办公会先拿个意见，我这边再开常委会。”他说。

刘可明比我小三岁，级别比我高，下县任职有一年多时间，估计不久就能往上升——只要不出事。这位很高明，会掂量，如果像梁越那样召集开会讨论决策，主要责任将由他承担。如果让县政府班子先研究并提出意见，他那边只是“同意县政府意见”而已，事情比较好办，主要责任则转到了我这里。由此可见，刘可明为官之油不在我之下。

我感觉自己不好硬推，只能这么办。一来人家领导排名在前，我在其后；二来不能因为梁书记怎么做，就要求刘主持跟着来。梁越是什么人？吃盒饭不用汤，零点开会神采飞扬，来去如风神出鬼没，家里有一沓献血证，公文包里还有一沓女神照片，实不是凡人，我们大家都难以比照。

当天下午，我通知张潮水到我办公室来一下，有事。

张潮水是县政府行政科管理人员，管辖本县公用车运营平台。他四十出头，矮个子，精瘦，小脸，两个眼珠溜溜转，一副精明模样。

张潮水从随身携带的一只小公文包里取出一张发票，递上来请我过目。我不看，只问："有什么问题？"

"超标了。"

这张发票为住宿发票，是梁越的司机留下的。该司机不幸于车祸中丧生，遗物交还其家人后，其妻将其中几张发票拿到行政科补办报销手续。由于县领导公车归平台统一调度，报销也都交张潮水审核，张潮水发现其中一张费用超标，正是司机在车祸前夜的住宿凭证。根据发票，可知当晚该司机住在南方学术交流中心客房，那是大学城里的一个宾馆，承办各种高端学术交流活动，包括提供会场与餐饮住宿服务。该宾馆收费不算高，但是依然高于县级小车司机出差住宿标准。

我说："报了。下不为例。"

人家都以身殉职了，还怎么下不为例？如

此说只是聊表惋惜。这司机为人实在，表现不错，能够顶得住梁越那种高强度工作状态，实在不简单。

张潮水说："奇怪的是，发票只有一张。"

通常情况下当晚应当有两张发票，司机和梁越各一张。只要梁越当晚也在那里住宿，那么凌晨离开前必是司机一并办理住宿结账，也就是说必有另一张发票。梁越的住宿发票必定是和司机的发票放在一起，而后再由司机代为办理报销，不会跟着梁越公文包里的东西一起翻滚散落在路坡上。只有一张发票，可以断定当晚只有司机一人住在学术交流中心客房，梁越没在那里过夜。人都得睡觉，梁越当然不例外。人睡觉通常需要一张床，这张床不在这里，就会在另一个地方。

我交代张潮水："你只管报销审核，不必操心太多。"

"我知道，我知道。"

梁越在出事前夜住在哪里？谁安排的？是否与哪位散落在路坡上的女神照片相关？此处

有疑问，不了解的情况下也不能无端怀疑。至于是否需要深入了解，寻找答案，那不是我所能决定的，也不允许张潮水乱八卦。

那天我把张潮水找来并不是要过问车队司机报销事宜，是另有要务。

“你得帮我办件事。”我告诉他。

“董副县长尽管说。”

我给他三天时间，命他到省城出一趟差，搞清楚一个情况：东鑫集团同我县协商土地事项时，马镇原本态度强硬，后来突然松口，才有了一个三方协议。我需要知道发生了什么事情，是什么原因让老马出人意料地改主意松口。

张潮水支支吾吾：“董副县长，这个事，这个……”

“这个事不找你找谁？”

“这个，这个……”

“今天出发，后天给我回复。”我不容置疑。

“那我只好……试试。”

张潮水是什么人？我管辖之下，县政府核

心机关的一个工作人员。同时他也是石坎乡人，是马镇岳父的远亲。马镇早年当民办老师时，张潮水是他的学生，学习成绩并不突出，以顽皮著称，终被马老师收服，如当年孙猴子被如来佛掌握。后来张潮水曾跟随老师下海，又及早上岸，通过曲折途径进入县政府办公室行政科。张潮水是本县机关中马老板的学生之一，且不是最冒尖的，但是与马老师走得最近，只是不为人所知而已。我断定张潮水为前老师提供过不少内部消息，包括机关里各种八卦。目前我对他采取严密注意态度，时有警示，暂未收拾。必要时我还让他去了解对方一些内情，有如此刻，拿他当双面卧底重用。

第三天，在我给他的限定时间之内，他悄悄来到我的办公室。

“是因为一个女孩。”他告诉我，压低嗓门。

张潮水不愧是所谓的“八卦仙”，其刺探来的情报总是充满色彩。该情报中的这个女孩来自省城一城中村贫困家庭，小时候父母离异，她由母亲养大。女孩很争气，爱读书，成绩很好。上初中时成为东鑫集团助学基金会的一个资助对象，接受了三年资助，直到考上高中。东鑫集团助学基金会既资助初中生，也资助高中生，初中是义务教育，资助标准只及高中的一半。马镇要求受资助的高中学生除了家庭困难，学习优秀外，还必须进入“第一梯队”。也就是只资助中考拔尖，进入省城几所公认头部高中的孩子。那位女孩以平时的成绩，考上那几所高中不是问题，不料中考时发挥失常，以一分之差进入“第二梯队”，因此被该基金会从资助名单中移除。据说女孩还有点小性子，在接受资助的初中三年时间里，其他孩子至少每学期给“马老师”，也就是马镇老板写一封信，汇报考试成绩，表达感恩之情，这女孩除了第一学期写过一封信外便不写了，被授意、被提醒亦不声不响，因此时候一到被剔除出去也属难免。不料三年之后，这女孩给东鑫集团助学基金会和“马老师”发来一封感谢信，感谢他们在过去三年里对她的资助，帮助她解决了许多困难，也成为她努力学习的一个激励。这封信来得蹊跷，老马命手下去查。这一查不得了，这女孩竟是当年本省高考理科前十，被清华大学录取了，是历年受东鑫集团资助的孩子中成绩最好的一位。问题是这女孩早被剔除在名单外，怎么还自称受到资助？难道是故意这么说，以发泄自己对被剔除的不满？老马派去的人与女孩正面接触，旁敲侧击，发觉女孩真没那么歹毒，且高中三年中，她确实每个月都拿到了全额助学资助，而且也不再要求她写感恩信，因此她才特别感动，高考后主动给“马老师”写信。难道是助学基金会的财务衔接出了问题，名单没了，钱照发？查一下账，不是。女孩高中三年没有从助学基金会拿到过一分钱。那么这笔钱是从天上掉下来砸到女孩头上的？老马派去调查的人发现了一个破绽：三年里每一笔资助都是通过一个中间人转到女孩手上的，当初帮助她获得初中助学资格的也是这个中间人。费尽周折找到中间人，这才搞清来龙去脉：原来是该中间人拿自己的钱资助女孩上高中，却谎称代助学基金会转。不把真实情况告诉女孩，是因为女孩个性要强，她不会接受中间人的私人帮助。且如果让她知道自己因中考发挥不佳被剔除资助名单，可能会产生较大心理打击，影响她学习，造成恶性循环。

情况搞清楚了，事情却没完。“马老师”追根究底，并不是他对困难女孩多有爱心，其设立助学基金会最核心的一条，是为东鑫集团扩大影响，打造慈善企业形象。这种事通常所费不多，却收获名声满满，有利于利益最大化。特别是马镇自己曾当过民办老师，还曾白刀子进红刀子出，成为成功企业家后特别需要树立光辉形象。因此马老师派去的人除了搞清情况，还承担一项重要任务，就是说服中间人，为东鑫集团正名。本来那女孩已经被助学基金会除名，人家考上清华与东鑫集团再无关系，问题是女孩如此优秀，值得大做文章，放弃有如大亏本。老马的人便向中间人提议，为了女孩的身心健康，可否一直替她保守这个秘密？助学基金会可以将三年来中间人对女孩的资助连本带息如数偿付，东鑫集团作为该女孩高中三年的资助人便名正言顺，虽然稍嫌迟到。不料中间人非常慷慨，答称只是希望帮助女孩，不图任何回报，时间过去了，事情很圆满，也就心满意足，东鑫集团无须再来偿还，也不必跟女孩多做解释，可以理直气壮自认是其资助人，毕竟女孩初中三年确实曾由他们资助。

马镇下令："把她的情况给我弄清楚。"

这回说的不是女孩，是中间人。该中间人是女孩的初中班主任，姓方，女性，已婚。方老师资助该女孩时，其夫还在省委大院上班，为政研室一个处长，后来下派县里任职当书记，名字叫梁越。方老师明确表示，资助该女孩，以及不需要让人知道，都是他们夫妻商量决定的。

真所谓"不是冤家不聚头"，那时候恰值我县与东鑫集团双方争端进入白热化阶段，梁越志在必得，不惜诉诸法律与强硬行政措施。马镇寸土不让，不惜动用各种上层关系以"维权"。突然间马镇松了口，于是化干戈为玉帛，三方协议得以签署。

马镇是因为意外发现梁越及其夫人竟是如此一对爱心人士，出于惺惺相惜之情，决定不再相争吗？恐怕不是。以我所见，马镇之所以松口其实还是出于盘算：仅从资助女生一事，便可表现梁越其人无意于名利，这种官员发起狠来无牵无挂，跟他能有多少较劲空间？不如见好就收，免得颗粒无收。这也是寻求自保，争取特定情况下利益最大化，于是当时马镇就松口，签字了。

我问张潮水："梁书记那天傍晚去东鑫集团总部，也是因为这女孩吧？"

张潮水说他不知道。卧底只摸了前情，后续未曾了解。

其实不需要他了解，我判断就是那么回事。小马给我的"文件"里有那个会场的录像资料，记得是"奖学金表彰会"。女孩肯定是当晚被表彰的头号人物，按照马镇对慈善行为的理解，这种事需要搞出影响，广为人知，该请的人必须请到，估计方老师会在受邀之列，但是只能以“关心女孩成长的初中班主任”之名义。根据“不需要让人知道”原则，方老师没有到表彰会上露脸，但是梁越却悄然光临。此人总是神出鬼没，很难想象是哪一根筋让他忽然前去。梁越出场并不违背“不需要让人知道”原则。作为不速之客，场上没有谁知道他是怎么回事，除了东鑫集团的几位核心人物。而他们肯定不会说出去，因为他们已经贪天功为己有，不会主动暴露实情，他们只会心照不宣，视若无睹。

曾经令人生疑的马镇突然松口，以及扑朔迷离的梁越深入虎穴，其实就这么简单。我不知道张潮水是怎么探听到这些信息的，于东鑫集团而言，该信息具有一定敏感性，他们不会愿意外传，因此似乎可以断定张潮水的消息相当可靠，不是站在马镇卧底的立场上糊弄董副县长。问题是如果当初马镇改变主意确实与这女孩的故事有关，为什么转眼生变，忽然又来翻盘？

此处有疑问。

五

那一天省里开会，刘可明与我奉命与会。当天下午我们分别动身，行前我去了一趟医院，再次探望梁越。自车祸以来，我已经数次前来探望，频率不下于其“健在”时到他办公室请示工作。我俩共事时间并不长，相处也并不总是很愉快，就根本而言却也没有大的矛盾。他在很多方面跟我们都不一样，所谓“不是凡人”，而我本人作为一大凡人，以我之“油”，对他“尽可远之”，却也心存敬意。每看到这位非凡之梁躺在床上像一段木头，我都会心头发堵，责怪老天不公平。据周丁顺私下传达，医生已经给梁越判了无期，根据他身体受损的状况，即使他有幸从死神手掌里逃出，也会成为植物人。即使他再创奇迹，恢复了意识，也永远站不起来，因为已经高位截瘫。

周丁顺在医院里，梁夫人方老师也在。她再次跟我提起转院。她感觉梁越虽然还在昏迷中，生命体征已经趋向平稳，她想让他尽快转到省立医院去。

我说："请周主任跟医院领导和医生研究，如果有一定把握，那就转。我们提供一切保障，确保安全。"

方老师表示感谢。

我问她："我听说方老师和梁书记帮助过的一个女孩高考成绩非常突出？"

她的眼泪"哗"地落了下来。

方老师和梁越曾通过妇联、教育部门的助学机构帮助过若干孩子，梁越都不让说。这一次这个女孩比较特殊，初中是方老师班上的，家庭非常困难，学习非常刻苦，方老师很看好。可惜女孩中考发挥不佳，被资助机构从资助名单中剔除了。方老师感到可惜，几次找原资助单位争取，人家不接受，还说孩子不懂感恩，他们不要。方老师很懊恼，跟梁越提起，梁越说："何必舍近求远？"于是就把资助的事接了过来。担心给女孩造成心理压力和负担，他们什么都没有说。女孩很争气，考上清华，原资助单位找上门，要求把女孩重新列入名单，梁越也没有异议，只要对孩子成长有利就行。资助单位开表彰会，女孩虽然不知道实情，却坚持要对方给方老师发请柬。方老师到女孩家问候了孩子，表彰会却没露面，因为不想让人注意。没想到梁越拿着请柬去了，还用手机拍了好几条视频。梁越出事后，警察在现场拾到梁越的手机，交给了方老师，方老师从手机里看到表彰会的场面，听到女孩在演讲中感谢“亲爱的方老师”，当场就哭了。梁越一定是觉得她看到这些视频会非常高兴，所以替她去了，拍了视频，留下纪念。梁越要是不去，说不定就没有这场车祸，现在还好好的。

我说：“方老师放心，他能好起来。”

方老师说的可与张潮水探听的情况互证。现在清楚了，是这根筋把梁越拉到了东鑫集团大楼。

这时，在医院参与照料病人的县委办公室值班干部向周丁顺报告了一个特殊情况：当天下午，有探望人员在受到劝阻时，险些与当班人员发生肢体冲突，幸而事态迅速平息。

我诧异：“有这么严重？”

梁越车祸入院后，不少人闻讯前来探望。由于重症监护室不允许外人进入且走廊玻璃窗外容不下几人，经我们与医院研究，决定暂不开放探视，除亲属和单位安排的陪护人员外，其他人一律不得进入该病区。县两办还特地发通知给本县各单位，命严格照此办理。但是依然有人通过各种方式前来探视，其中有一些是专程从外地前来。今天与值班人员发生冲突的人来自外地，有五十来岁，留两撇胡子，还带有两个随从。起初该胡子还客气，称自己是梁越的朋友，听到梁越遭遇不幸，非常痛心，专程开车赶来，务必让他看一眼梁越。值班人员拒绝其请求，还出示两办通知，请对方理解。对方不听，与值班人员吵起来，情绪非常激动。恰好医院重症室主任到来，胡子竟抓住其袖子不放，非要跟进去不可。经协商，考虑到胡子专程远道而来也属不易，同意让胡子按照医院规定短时探视，只他一个，随从免进。不料该胡子隔着玻璃窗看到病人，竟拍窗大叫，涕泪交流，死活不肯离开。为了保持安静，值班人员急叫保安，连同胡子的随从，一起拖走了事。

我问：“这是个什么人？”

根据记录，是个搞城建的。

“包工头？”

不是。两位随从称胡子“老师”，据说来自一所城建学院。

我感觉有异，即命他们查一下记录，了解一下访客情况，搞清后马上告诉我。

我于傍晚前到达省城会议宾馆报到，安顿下来后我给叶辰打了个电话，晚饭后去了省政府大楼叶辰的办公室。这是常规，班头位居要津，不能要求他经常关心我，我也不能时常打扰他。但是如果到了省城，不给他打个电话表达想念不太好，如果他有空就去拜见一下。此刻我感觉特别需要见见他。

叶辰向我了解梁越的情况，我一一报告，提到梁越病情反反复复，几度濒危。医生费力抢救，几次都以为只是在“临终关怀”了，哪想到他居然都撑住了。

“这个人生命力顽强。”叶辰评论。

叶辰与梁越没有个人交往，但彼此相识，毕竟都在机关大院里，省政府办公室与省委政研室工作关联很多。按叶辰的感觉，梁越在机关时似乎也跟大家差不多，下去任职时才忽然感觉他不太一样，显得有些特别。

以我看这不奇怪，省直机关里的处长跟下边县委书记级别相当，所处位置不同，手中权力有别，表现空间大不一样。开玩笑地说，在上边得夹紧尾巴当处长，在下边可以放开手脚当书记。在一定程度上能按自己的想法去做或者不做，在旁人看来就从混同于一般变得有些特别了。

我悄悄核实小马透露的消息，没想到居然不是空穴来风。梁越出事前一天赶到省政府大楼，确实是被一位省政府领导叫来谈话，涉及的恰是马镇手里那两千亩地。有反映称这些土地多年未开发，以往有一些不规范问题，目前的处置方式也有不规范之处，外界有不少议论，需要引起重视，所以梁越被叫来谈话。

所谓“以往不规范”确实有，因而这块地才一直荒废在那里。不说是谁的责任，眼下本县正在做的不就是要加以纠正吗？所谓“目前的处置方式也有不规范处”，那肯定是马老板的说法，他有利益诉求，要掀桌子翻盘，因此便称三方协议不规范。他会找出若干理由，还要让人觉得真是那么回事。

我问叶辰：“就这两千亩地，至于惊动那么大的领导？”

原来惊动还更大：省长就此有个批示，指示本市书记、市长就这个问题找本县党政主要领导深入了解，做一次提醒谈话。副省长得知情况后，直接把梁越叫来先个别谈。梁越是他的老部下，他出于关心，希望梁越妥善处理好这件事。

小马所谓“梁越本人另外有些情况，所以他才改变态度”，居然也有根据：梁越此刻刚好走到一个关口上。梁越在省委政研室工作多年，早被列为提拔对象，履历中的短板是基层经验比较缺乏，所以才放他下去当书记。叶辰说，近期政研室那边有个机会，内部已经讨论过，基本确定让梁越回来，提任，考核组近期就会下去。这个时候要特别注意，如果由着性子来，不顾一切非要做成个什么事，那就会有负面影响。

我想起车祸现场发现的《个人情况与述职报告》，当时我感觉有些奇怪，现在明白了。述职报告通常是在特定时间里提交，例如年底总结，或者被巡视检查时。一般情况下述职报告就是述职报告，加上“个人情况”似乎有些不伦不类，但是在干部考核时有可能出现。考核组对相关干部进行考核后要形成一份考察报告，报告里要写上此人的基本情况、履历、表现和优缺点。有些考核组会要求考核对象提交一份个人材料，题目怎么下不一定，主要把相关情况都写上，便于届时参考核对。梁越这份材料应当就是这种，显然他接到通知，要求提前做材料准备。提拔重用对官员们来说可称一大事，关键时刻有必要尽量防止负面影响。此前梁越刚被老领导叫去谈话，他知道那块土地的处置问题十分敏感，此刻需要比此前更为慎重，否则对他非常不利，最直接的影响是眼前的机会可能即刻失去，因此梁越在东鑫集团顶层会议室走廊外与马镇交谈时，答应重新考虑土地问题，确有一定可能。

同时也可以设想：马镇之所以突然掀桌子，很大可能是得知梁越要走人。通常情况下官员们在这种时候容易患得患失，即使梁越不同于凡人，能够不为名利所动，他的离开本身对东鑫集团也是一个契机。只要适时提出异议，让那块土地重新成为问题，即使梁越并没有改变主意，坚持不后退，也掌控不了多久。梁越一走，必有新书记接手，后任通常会有自己的思路，不会都按前任的路子走，因此该土地问题遗留到后梁越时期便有望得到转机，最终握手言和，土地重归东鑫，可再谋求利益最大化。车祸发生前一周，叶辰要我到竹寮温汤与马镇见面时，显然马老板已经在为之后做准备。叶辰所谓“你可以有个态度”，恐怕是暗指一旦梁越离开，新书记未必熟悉情况，会需要有人提供建议，我的态度因此便变得比较重要。很惭愧，我在竹寮温汤时还不知内情，完全被蒙在鼓里。

此刻梁越并未走人，却基本已出局，而事情还待处置。

我在叶辰那里待了近一小时，起身告辞。班头事多，不敢多打扰。我本人虽号称“老兵油子”，脸皮还稍嫌薄，不喜欢多麻烦人。

临别握手，他说了句：“抓住机会。”

我回答：“多关心。”

“当然。”他交代，“土地的事，注意处理好。”

“明白。”

点到为止。

此刻于我确是一个机会。作为本县人，目前我不能指望在本县再进一步，却可以有其他可能。前提是别把事情搞砸，办好该办的，时候一到便有望顺风顺水，得到各方面支持。不过以我之历练与经验，心知这种事也不好说，偷偷想一想可以，不可太当真，因为没那么简单。

第二天上午在省城会议中心开会，听取重要精神传达，会间刘可明忽然问我：“那个事打算什么时候弄？”

我稍一愣，明白了。

“还是刘主持来发声吧？”我试探，“我跟着吆喝举手。”

他把头直摇：“政府先拿个意见好。”

“不是太好办哩。”我说。

“你老兄有办法。”

我估计有人找到他了，他有点着急，所以催促。那场车祸毁了梁越的机会，反之也把一个机会送给了刘可明。比较起来他的机会在我之上。本县一下子空出两个主位，他有很大可能接任其一，他也非常愿意抓住机会，最好直接接书记的位置。他很清楚相关土地问题比较棘手，要在梁越打造的三方协议和光伏产业园基础上往后退，会有一大片反对声浪，弄不好就像煎饼一样在油锅上翻来翻去，外焦里脆。

需要有人去前边蹚地雷，而董副县长适合干这种事，既然身为政府日常工作主持，此刻便无处可逃。

当天下午从省城返回，我在高速公路上给周丁顺打电话，让他立即安排一个时间开县长办公会，要求副县长们全体参加。他听命一一联络，很快给我回了电话：魏秀山明日，也就是周三，到市政府开会。另一位副县长周五出差。也就周四上午还行，该在的领导都在。

“就定这个时间。”我说。

而后周丁顺又给我来了一个电话，报告称：“找到了。”

那个被拖离重症监控室门外走廊的胡子居然是个教授，两个随从也不是保镖，而是教授带的研究生。其中一位学生在探视记录本上登记，留下了手机号，县委办人员通过联络这个手机，从该学生那里了解了基本情况。

“教授叫陈维谷。维修的维，山谷的谷。”周丁顺说。

“啊，我知道。”

“学生说，梁越车祸的前一天晚上，跟教授还见过面。”

“是吗？”

我知道该胡子教授确实跟梁越有交往，我在梁越的办公室见过他。有一回我找梁越汇报工作，推门进去，一眼见到两撇胡子坐在沙发上，与梁越相谈甚欢。梁越向我介绍这是个教授，还拿教授的名字打趣，说陈教授是大专家，专门维修山谷。当时我没太在意。梁越来自省城，见多识广，交际面非我们这种小县城井底之蛙可比。在梁越的办公室时而可见不凡之人，比起脑后扎一马尾辫的男画家，穿汉服戴墨镜的书法家，两撇胡子的教授还算比较平常。梁越曾经请过一位歪脖子国内乐坛高手为本县写歌，还曾请来十几个男女诗人，为本县十大景点创作推广词并刻于石头上。应当说有的景点词不错，上口，也好记，也有的根本不知所云，狗屁不通。

我要求周丁顺立刻设法联络，搞清陈教授的手机号。

半小时后周丁顺给我发了一条短信，传来一个手机号。

我给陈教授打了一个电话，他居然还记得我：“哦，是那位副县长。”

我问他什么时候有时间，我打算去拜访。

“是什么事？”

“跟梁书记有关的。”

“你很不客气啊。”他立即抱怨。

我向他道歉，称我刚得知消息，心里很不安。医院值班人员需要严格照章办事，也应当更讲文明礼貌，拜访陈教授是为了表达歉意。

他说明天一早出差，到北京参加一个学术会议，前后大约一星期。

我说：“我现在去。”

我即刻命驾驶员改变路线，先不回县里，直接到大学城。

我很少这么临时改变计划。我一向按部就班，从来不会兴之所至神出鬼没，有如梁越。梁越很不凡，我很寻常。这一次例外，我去拜访陈教授主要还是“跟梁书记有关”，我感觉有些情况尚模糊，有必要深入了解。从现有证据看，梁越遇到的车祸属于意外，不可抗力，没有发现涉嫌刑事犯罪的线索与证据。警察查到的非法定位器属于另一种性质，还有待进一步调查了解，但是显然它不是炸弹，与车祸没有直接关联。根据现有证据，许瑞发他们已经将车祸调查以交通事故结案，定位器在市局技术部门鉴定之后，将作为一个遗留问题留待日后解决。这些处理意见事前曾报告我。我是县领导，不是办案警察，不具备办案专业技能与条件，也不需要在警察已经办结的情况下继续深究与车祸相关的其他因素。但是一听陈教授在车祸前夜曾与梁越相见，我就赶去见他，自有我的缘故，不是决定充当业余警察，更不是因为好奇。

我于当天晚间八点，在电话约定时间进了陈维谷的工作室。走进门时我已经大体掌握了陈维谷的基本情况：此人不只有两撇胡子，还有两把刷子，在他那一行非常有名，人称“陈胡子”。他是一所享有盛誉的大学城市城建学院教授，也算是搞建筑的，只不过他不盖房子，也不维修山谷，只做城市雕塑。他是一个艺术家，作品遍及全国。

我在陈维谷的工作室搞清了几件事。

首先，梁越身上的酒气就是在这里沾染的。陈胡子是个酒徒，这作为艺术家无可厚非。当晚他与梁越在这里喝酒，喝的是洋酒，倒在高脚玻璃杯里边摇边喝。陈胡子从头喝到尾，梁越亦饮用少许。他们一共喝了六至七小时，也就是差不多整整一夜。边喝边谈，兴致勃勃。陈胡子是夜猫子，熬夜于他不是个事，白天可以呼呼大睡。梁越比他更厉害，彻夜不眠，在车上眯一眯稍微休息一下，赶到会场照常开会，依旧目光炯炯，还能照妖镜一般看穿“卧底”。

当晚他们谈些什么？一个项目。梁越拟请陈胡子为本县的光伏产业园建一个雕塑。这个项目已经探讨过若干时间，上一次我在梁越办公室见到陈胡子时，他们谈的就是这个事。其实梁越也跟我探讨过，有一次讨论滨海高地规划草图时，他曾指着设计图中园区行政枢纽的一个十字路口，问我这里是不是应当摆放个啥？我随口说可以摆个警察。他即批评，说身为领导应当有点理想主义，不能只知道实用主义。我得说无论什么主义，摆个警察真的很有用。我说的不是真警察，是块硬塑料板，做成警察模样，摆在那里充当稻草人。这种塑料警察模型对潜在的犯罪与交通事故有一定威慑力。滨海高地及其下方的光伏产业园相对偏远，短期内警力会比较薄弱，很难派人每时每刻在那个十字路口上站岗，指挥交通主要靠自动红绿灯装置。如果能树一个真人大小的塑料警察模型，司机开车路过，猛一眼看见那个大盖帽就会踩刹车，怕被拦下来贴罚单，这就有可能避免了一次交通事故。不开玩笑地说，这种警察模型成本极低，性价比极高，但是梁越嗤之以鼻。

原来梁越认为这里应当立一座雕塑，或称城雕。梁越把陈胡子请到实地考察，陈胡子建议塑一尊女神，可以命名为“光伏女神”。艺术家们对女神总是格外感兴趣。梁越比艺术家更胜一筹，他改了一个字，主张用“光明女神”，显得更加理想主义。应当说以光明命名也贴切，因为那是光伏产业园，新能源基地，前途一片光明。陈胡子是个急性子，除了总体构思，他还琢磨细部。女神需要模特儿，陈胡子给了梁越一沓美女照片，问梁越分别有何感觉，哪一位更能让他产生灵感，更接近他心目中的女神形象？梁越似乎都不中意，一直在斟酌，没有明确答复。车祸前夜，梁越从省城赶到大学城找到陈胡子，挺兴奋，称有点感觉了。梁越让陈胡子看了一段手机视频，里边有一位女孩正在台上演讲。梁越说这女孩不简单，纯净、质朴、端正、聪明、自信、自尊、自强、自律、不卑不亢、脚踏实地、前程远大，这个好。陈胡子看了，觉得言过其实，女孩看起来确实不错，很特别也不见得，满大街都是，一抓一大把。他们探讨了一整夜，尚未形成定论，留待日后再谈。不料竟没有日后了。

“什么女神啊。”陈胡子感叹，“你们不如就把他雕在那里。”

这当然只是发发感慨。

“你们那个事好像不太容易做？”陈胡子问我。

“梁越跟你怎么说的？”我反问。

梁越没多说。这个人很自信，认定事在人为。无论上边下边，问题都可以想办法化解，只要不受个人私欲左右，就能顶住压力，做出正确决定。

陈胡子跟梁越意气颇相投，所以才会闹腾得给从医院走廊上拖走。在陈胡子的眼中梁越就是个完人。这一点我不敢苟同，人各有长短，我仅以自己的凡人之见，认为梁越非凡人，也就足够了。

从陈胡子工作室出来，已经晚十一点。原本我打算立刻驱车返回，不经意间抬头一看，前边一座大楼上有霓虹标牌闪耀——南方学术交流中心。

我说：“算了，安全起见，住一夜吧。”

我们在该中心客房住了一宿，第二天凌晨出发，差不多是车祸那天梁越他们动身的时间。

重走梁越走的路，在差不多相同的时间，我们的车到达虎爬岭，停在车祸路段上。这里很安静，车辆稀少。我从车上下来，站在路坡上察看，那里已经恢复如旧，看不到那次车祸的残存痕迹。

这是一个适合发表感慨的地点，我的心里也确实有若干感慨。

现在可以断定，小马所称梁越“改变主意”是假话。周丁顺的记录可证，梁越于车祸前一天下午五时许，曾从省城打电话，交代调整隔日上午的会议议程，把原来排在后边的“研发中心”具体事项提到前边，放在第一个。作此交代时梁越已经离开省政府大楼，领导跟他打过招呼了，他知道接下来压力会越来越大，但是他依然还要全力推动光伏产业园第一个项目上马。梁越从东鑫集团大楼出来后赶夜路急赴大学城，为的是拟建于产业园枢纽地段的一座城雕。如果梁越真的改变主意，两千亩地无法用起来，光伏产业园就成了空中楼阁，研发中心丧失存在意义，“光明女神”也就沦为笑柄。

梁越奔走于途，继续发力，表明此人依旧意志坚定，并无丝毫改变，即使压力山大，丧失自身提拔机会也在所不惜。

但是出师未捷，他没能赶到会场，就从这里翻滚下去。

六

周四上午七点半，刘可明与我先后到达县医院。

我们来向梁越告别。根据院方安排，梁越将于今天上午八点转院。今天凌晨，梁越从重症室转到观察病房做转院前准备，观察病房允许有限制探视，刘可明与我得以进入病房与梁越道别。梁越转院的消息控制在极小范围，除刘可明与我代表全体班子成员、全县干部群众前来探望，其他人一概不知，谢绝送行。

这种相送程序相对简单。梁越一如既往直挺挺地躺在床上，从头到脚插满各种管子，毫无意识有如一段木头，因此免去了问候、请示、关心诸环节。我们看过病人，跟方老师握手，交代亲自负责护送的医院院长保证安全，而后刘可明即表示，今天上午八点，他和我都有重要会议，现在就得离开，梁书记安全转院就拜托大家了。

此处有疑问。当天上午八点我确实有重要会议，就是召集县长们“先拿个意见”。据我所知刘可明那边并没有会议，他的重要事情就是等我的重要会议拿出重要结果。

“没问题吧？”他问我。

“不好说。”我摇头，“尽力而为吧。”

他急了：“那可不行，无论如何得拿下来！”

我笑笑：“那么请刘主持来坐镇，莅临指导？”

“不开玩笑。”他给我戴高帽，“你老兄有办法。”

我是故意耍他。他着急的样子挺好玩。

这时突然有个人从一旁钻出来，手里举着手机：“董副县长，电话！”

竟是张潮水。

我这才想起自己把手机调成静音，放进公文包，丢在轿车上了。此刻接近于“无线电静默”，谁要有急事，还真找不着我。张潮水果然厉害，居然知道我的动向，赶来拦截我。当然，如果不是天大的事，他不会这样，通常卧底不露相。

刘可明摆摆手，让我接电话，自己上车离开。

电话那头居然是马镇，马老板。中气很足，声调平稳。

“董县长辛苦了。”他问候。

“董副县长很高兴。”我调侃，“马老板找我一定有好事。”

他先表示感谢，叶辰告诉他，我对他们集团的事会给予支持。他准备近期找机会回本县走一趟，响应县里的号召，争取上一个大项目。

“很好。我们热烈欢迎。”

“我吃素。记得吧？”

我笑笑：“我不吃素。”

“董县长如果有其他什么需要，我也能帮上。”

“谢谢，董副县长记住了。”

“那就拜托了。”

寥寥几句，赶在八点县长办公会之前送达。分量相当重，尽管他没有具体提及那件事，却每一个字都点到了。

所谓“我吃素”是怎么回事？其源头就在当年与马老板初识的省城土菜馆。当时马镇跟我邻座，桌上转盘打转时，他给我夹了一块肉。下一次转盘过来，我回敬，也给他夹一块肉。他拿筷子一挡说“我吃素”，还低头在我耳边补一句：“我也杀猪。”于是我把他记住了。前些时候在竹寮温汤，他在我耳边说的也是“我吃素”，有如暗语。那是开玩笑吗？是，也不是。他是在提醒我谨记他是个什么人，可不是光会吃素。

我把手机还给张潮水，指着他说：“不要走，跟我来。”

我掉头走回医院急诊楼，几分钟后再次回

到梁越的病房。张潮水跟我走进去，里边很安静，只有两位护士在做相关准备。

我问护士：“你们可以稍等几分钟吗？”

她们悄悄退出去，把病房门关上。我把一张椅子搬到病床边，坐了下来。

“梁书记，有一件工作我得汇报一下。”我说。

我看见张潮水一脸惊讶，缩起身子似乎想溜出病房。

“站住。”我下令，“不要动。”

床头桌上放着梁越的眼镜盒。有人把它找出来，可能是打算装包带走。我打开那个眼镜盒，取出里边的黑框眼镜给梁越戴上。感觉顿时有变，床上的病人似乎精神一振，更接近于印象中那位生龙活虎的梁越。

然后我汇报工作，一五一十，简明扼要，如以往那样。我告诉梁越，滨海高地研发中心项目目前遇到一些困难，东鑫集团提出暂缓施工。他们还表示此前已经与梁越本人沟通过，梁越答应重新考虑两千亩地归属问题。由于梁越没来得及交代布置，我们感觉比较棘手，毕竟牵动全局，涉及光伏产业园能否顺利建设，本县经济发展能否顺利转型。今天上午八点县长办公会将研究这个问题，我觉得还是应当先请示汇报一下，听一听梁书记有什么重要指示。

眼镜片下，梁越双眼紧闭，一动不动，不知道是否听进去了。

“张潮水，给我找几个硬币。”我说。

张潮水在身上摸，从裤口袋里抓出几个递过来。我拿了两个一元面值的，当着张潮水的面往上一抛，看着它们落在梁越脚边的白被单上。

是两个正面，两阳。“不”。

我说：“走。”

我把两个硬币递还给张潮水。他的手在发抖，没接住，硬币“当当”两声落在地上。

我从病房门走了出去，下楼，离开了医院。

我相信这两个硬币的强硬态度马上就会报到马镇那里，张潮水报告时嗓子里肯定充满颤音。当年马镇在石坎乡张飞庙里卜卦抓贼，在他身边“扑通”跪地的不是别个，就是张潮水。是张潮水偷了马镇的钱，被迫坦白之后，马镇把张潮水从身边驱逐，却也没把他交给警察，后来竟然还把他介绍到县政府车队开小车，于是张潮水浪子回头金不换，死心塌地成长为一大卧底。这一内情知道的人很少。我刚到县政府当副县长时，有一次到石坎乡检查工作，当时张潮水还没到平台管事，还在车队开车，他送我到石坎乡，却死活不进张飞庙，似乎他们家老张爷爷那把大胡子让他无比恐惧。我感觉其中必有缘故，而后才从知情者那里一点一点了解到内情。没有谁告诉我一个完整故事，我却能从传闻、笑谈中拼凑出一幅旧日图景。我知道张潮水心存余悸，当着他的面重抄马镇当年把戏，难道就不怕露馅？万一两个硬币掉成一阴一阳，岂不适得其反？我并不担心。我要给张潮水，以及他后边的马老板留下较深印象，可称“以其人之道，还治其人之身”，无论他们是真迷信还是假迷信。那两个硬币其实怎么翻都一样，该是什么就是什么，我们本来就不信那个。

上午的会议如期召开，经深入讨论，会议达成了几条共识，可以用八个字概括：“拒绝后退，继续前进。”一如梁越所说。

我认为这是正确的。眼下我们不需要画饼充饥，要实实在在的发展。作为县领导，我清楚梁越的决策符合本县经济发展和社会进步需要，为本县干部群众所欢迎，同时也是合理合法的，它应当得到坚持。马镇可以回到协议基础上去谋求他的最大利益，不应该也不允许利用其影响，超越规则为所欲为。如果可以选择，我宁愿躲在梁越身后，帮他吆喝，反正天塌下来，有高个子去顶。但我没有选择，必须自己顶上来，主持决定。这时我只能听命于职责，不能，也无法逃避，更不能为私欲左右。马镇也许真的能帮我某个大忙，例如协助弄一顶令我眼热的帽子，但是从此我将受制于这位吃素的老板，那就类似于一刀毙命，我不认为这有多美妙。如果我为一点私利就范，就是本县罪人，连自己都要唾弃。这是不是梁越所说的“有一点理想主义”？也未必。我这种人总是讲究实际。所以我要把梁越车祸前的那些事搞个明白，知道他究竟做何打算，让他来帮助我下决心。这位不凡之人已经离开，可能永远不会“亲自”回来。他在这里的时候生龙活虎，离开时却像一段木头。他不能指望自己变成一尊违规雕像，却一定会被许多人记住。在他远去之际，应当以正确的决定向他表达敬意。

我的检讨

一

事后想来有一系列错误，第一个错误就是去北京。

潘伟杰给我打电话时，我在高速公路上，距省城机场只余二十公里。潘在电话里说，领导有意于后天，也就是周五抽空到我县看看。

“太好了。热烈欢迎！”我说。

有一个问号差点脱口而出：“确定吧？”还好我及时咬住了嘴。

“你赶紧准备。”潘伟杰交代，“一定要做好。”

我请示：“是不是需要办个雅集？”

“必须的。就在你那个馆吧。”

“没问题。”

我大学读地理，学的是秦岭淮河自然地理分界线那些东西，很惭愧与吟诗作画充当雅士不甚搭界。学校出来这么多年，我所从事的工作始终烟火气十足，谈不上多雅致，但是我知道雅集是个啥，知道突如其来的这个雅集对我非常重要，其重其要不在于我那个馆如何，只在于领导驾到。潘伟杰贵为省委副秘书长，其实就是个大秘，跟随的领导是康庄，省委副书记。康庄前几天率队下基层调研，去了我省最南部那个市，该市首府与我县相距百余公里，地域不搭界，行政不相属，本次调研完全与我无涉，为什么突然有关系了？原来该调研日程将于周五上午结束，下午大队人马将打道回府。领导拟抽一小段时间，临时顺道添加项目，从高速公路上拐个弯光临我县，主要是想看看本县新落成的美术馆。由于与既有课题无关，随同调研的那一批省直大员按计划返回，只有领导本人和潘伟杰等少数随员陪同前来。他们并不住下，当夜须返回省城，隔日另有工作安排。本县无须就此次“短促突击”准备汇报，接待亦可从简。这一点其实问题不大，即使需要全面汇报且隆重接待，于我们虽有压力，也属轻车熟路，经验充足，唯我所请示的雅集比较复杂，需要费点心思。

潘伟杰交代：“要几个特别有分量的。”

“我们把省城那几位高手请回来怎么样？”我请示。

“不够。”

潘伟杰要顶尖的，指名要方鹏，有他到场才够，阿猫阿狗跟康庄不相称。

这有点为难了。我据实相告：“别的好说，这个方把握真是不大。”

“想想办法。”他说，“必须。”

我表示一定千方百计邀请，力保雅集高规格。如果有充足时间来做工作，那会比较有把握，时间太紧就有些难办，未必联系得上，也未必说得上话。即使联系上了还说上话了，这般临时相请确实也有点问题，人家可能早有安排。万一真的来不了怎么办？“雅”照样“集”？领导还是会光临吧？

他回答：“不行，一定要请到。”

很明确，这是前提。

“明白。我来想想办法。”

“知道你会有办法。”

我自嘲：“我那点本事老领导最清楚。也就是勉为其难。”

放下手机，我问：“前边收费口是哪个？”

“就是机场。快到了。”驾驶员回答。

“出了收费口马上掉头。”我下令，“回县里。有重要事情。”

车上那几位面面相觑，一时没有谁吭声。好一会儿，刘群轻声问一句：“环境部那边呢？

打个电话去？”

轮到我一声不吭了。

省领导光临无疑是头等大事，无论是来调研，还是“看看”，待几小时，还是几分钟。以重要性而论，我的决定正确，此刻应立即返回本县去做准备。问题是我们这一车六人口袋里都装着一张机票，正要乘飞机前往北京，而省城机场就在眼前，几乎已经可以看到飞机那两个翅膀。此刻不上飞机，赶紧改签机票应当不困难，问题是北京方面怎么办？我亲自出马率队赴京要办的事情同样也很重要，已经让我们忙活了近一年，北京相关方面好不容易点了头，同意我们于明天上午去办公室拜访。那是经过多方争取，费九牛二虎之力才促成的，此刻我们自己突然生变，怎么跟人家解释？人家会不会非常恼火？如果功亏一篑，事情就此拖下来，甚至办不成了，岂不糟糕？

我担心前功尽弃，这个担心很现实。两个重要事情撞在一起了，怎么办？能不能想办法既避免前功尽弃，又不耽误雅集？算一算时间似乎还有余地。只要能按计划把明天上午的事情办完，最快能于下午返程，晚上就能回到本县。而省领导一行预计将在此后十数小时，也就是周五傍晚才会到达。

于是决意继续前往北京。

我并没有丝毫怠慢，旅行车到达机场大楼时，我已经在第一时间做了安排，通过手机命黄胜利迅速召集相关部门人员做好接待领导一应准备。黄胜利是县长，我俩搭档主政本县已有三年多时间，合作得不错。黄胜利其人农技干部出身，比较实在，能办事，缺点是有时不甚严谨，失之马虎。他在电话里装迷糊，询问雅集是道什么菜？我告诉他那是一锅红烧猪蹄，让一群文人墨客雅致之士围在一起热火朝天，像现在小孩说的开“生日趴替”，只是无须与生日挂钩。古时候那种“趴替”似乎主要是吟诗作赋，大家唱和喝酒，像《兰亭集序》写的那样。如今好像有些变化，至少康庄这一场无须写诗，按照现有规定也不能上酒，只要写字画画就可以。

“那么咱俩也行？”他笑。

他当然是开玩笑，如今写个字涂个鸦谁都会，混进那种“趴替”却只算阿猫阿狗，哪怕书记县长。康副书记的雅集得是公认的书法家画家才有资格。本县得山水之利，恰好多产这两种人，大约从明初开始，历代书画名人众多，当下民间习字习画之风犹盛，有“书画之乡”美誉。得益于历史与当下的强大书画家阵容，本县目前拥有一座新落成的、在本省首屈一指的县级美术馆。该馆是在我和黄胜利手上建起来的，当初立项时，我通过潘伟杰把一份报告送到康庄手上，难得领导重视，写了大段批示，命省发改委和财政厅予以支持，帮助我们解决了资金缺口，因此才有了它。半年前该馆举办落成典礼，我和黄胜利曾专程到省委大楼汇报并邀请康庄光临，他不能来，因为有规定，省领导不宜出席类似活动，但是他表示会找机会来看看。此言不虚，此刻他要来了。严格说不是现在，早在一个多月前他就预定前来，只是一波三折，终未成行。

黄胜利问我："这一回是真的吧？"

我说前几回也都是真的，因故推迟罢了。所谓"大有大的难处"，别以为只有咱们小领导累死累活，人家大领导要操心的比咱们只多不少。

"所以小领导才个个都想担负重任。"他笑。

这时顾不得多开玩笑。我告诉他务必重视，这一次跟以前那两次不一样，时间、地点、内容明确，咱们跑不掉。搞得好皆大欢喜，搞砸了吃不了兜着走。

"早知今天，我读小学就该去练字。"他感慨。

我们都知道康庄特别看重书画，除了他是领导，也因为他本人字写得好，不像我和黄胜利之流只有"同意"两字练得比较成功，如我们自嘲。我县有位老先生看过康的字，断定他"肯定有童子功，恐怕还有家传"。这方面的底细我们不得而知，唯知该领导笔下了得。这位领导的家传除了写字，恐怕还得加上气势，他很强悍，风格硬朗，有关他一瞪眼睛，把下属某官员吓成结巴的传闻很多。当初为我县美术馆项目求助他时，潘伟杰就曾警告，事情务必办好，否则康庄那里不好交代。我知道潘言简意赅，是未雨绸缪，为我们好，做康庄重视的项目，我们得格外努力，格外小心。

我在私下里管潘伟杰叫“老领导”，略带调侃，其实他只比我大几个月，谈不上老，且只在大学那四年直接领导过我。我们是大学同学、舍友，当年住上下铺，彼此落差相当大。潘伟杰生于省城，父母都是医生，高级知识分子，他自己身材高大，相貌堂堂，处事得体，做什么都游刃有余。而我原本就是光脚丫上满是泥巴的山区乡下小子，上大学时还没发育全，比他整整矮一个头，干什么都气力不支，如他所笑叫“总是勉为其难”。我是因为考分偏低给调剂了专业，他则是因为从小不喜欢父母的手术刀，却偏爱玩地球仪，终选择读地理。很奇怪，超乎落差，从大学开始我们的关系就非同一般，他是班长，常叫我帮他干些事，凡困难、劳累、费劲事项一概交我，我有什么难处也总能得他相帮。那时他对我不吝赐教，我始终记着他要我眼光长远，能把一个地球掌握在手中那些话，虽大而空，却最耐寻味。大学毕业后我们都没能从事本专业工作，他以考核第一的名次成为选调生，就此从政。我也跟他一样被同期选调，却是因为排前的一位同学参加考研放弃资格，由我递补，勉为其难侥幸得成。选调生按规定要下基层，潘伟杰下去不久就抽调省直机关工作，而我这么多年虽小有进步，至今还在基层。潘伟杰很有头脑，行事缜密，话不多，从当副处长起就给康庄当秘书，康从省委秘书长、常务副省长直到副书记，他一直相随。考虑到康庄那样的个性，潘伟杰能让他满意，确实水平高超。我注意到这么些年潘伟杰不仅职位上升，处事越发游刃有余，字也越发写得好，也许是因为跟随康庄，耳濡目染。这应当也是他让康特别满意的一个方面。虽然彼此是老同学，我俩平时来往并不多，因为他在省城，我在基层，也因为他一般不主动联系人，我也很少去麻烦他，除了非常必要时候。所幸尽管他身居中枢职位渐高，对老同学亦不相忘，能帮会尽量帮。我相信这一回康庄光临，后边肯定有潘反复推动。省领导到我县美术馆“看看”类似于现场检查，考察下边这些小领导干得怎么样，该项目是否达到他的要求，这对我们有压力。但是这也是一个表现机会，那么大的省领导可不是小领导们想接近就能接近的，没有潘伟杰，谁能把他带到我们面前？

一个多月前，潘伟杰主动给我打了一个电话。当时我有点诧异，在电话里开玩笑：“原来老领导有时也会想起我。”

他也笑：“不好吗？”

他问我近期可好？我知道这只是铺垫，所谓无事不登三宝殿。

“我还能怎么好？勉为其难罢了。”我说。

“再加四个字——锲而不舍。你这点特别好。”

“感觉飘起来了。”我问，“有什么重要交代？”

“你那个美术馆怎么样？还行吧？”他问。

我告诉他，本馆状况良好，无论建筑、环境、馆藏，全省首屈一指，县级馆名不虚传。

“想安排领导去看看，没问题吧？”

“热烈欢迎！”

他笑笑，让我可以着手做点准备。注意影响，只做不说。

我知道潘伟杰从无戏言，此事重大。“想安排领导去看看”讲得很艺术，非常含蓄，核心却很明了，无须琢磨究竟是秘书安排领导，还是领导安排秘书，关键在于康庄副书记可能前来，这才是最重要的。我立刻把黄胜利等人叫来商量，迅速研究一个工作方案，各相关部门紧急行动分头准备。按照潘伟杰要求，只做不说。

过了一周时间，潘伟杰没有再来电话。我考虑应该主动一点，便挂电话找他。那天连挂几次，从早到晚，都未接通，感觉挺诧异。直到午夜，他给我回了电话。

“谦毅，什么事？”他问。

我简要报告了我们的准备情况。他“啊”了一声：“不行。去不了了。”

原来他在北京，陪领导参加重要会议。会间还得忙一些事。以目前情况看，领导实在抽不出时间。什么时候得空再说吧。

我听到他在那头咳嗽，声音里有一种疲倦，少见的。

“老领导身体要注意。”我说。

他表示没什么。北京外边挺冷，屋子里热。

“肯定忙得要命。”

“向你学习啊，勉为其难。”

我调侃，说感觉老领导在我省永远游刃有余，去了北京才有点勉为其难。

他也笑：“各有各的问题。”

我能理解。他跟我们不一样，跟随领导，身处高层，虽说还不到掌握一个地球，也已经掌握了一个省的若干方面，遇到的问题跟我们基层会有很多不同。比之高层大事，下边一个县美术馆如何，真是小得不能再小的小事，于人家大领导实属可有可无。

“知道位高权重也累，小领导心情好多了。”我说，“多保重。”

第二天我悄悄通知黄胜利，所有准备停止。

“不来了？”

“至少暂时没戏。”

黄胜利一摊手，很遗憾。这一点我俩非常一致。

两周后，潘伟杰又来了一个电话，询问我知道雅集吗？我当然得知道，本县是书画之乡，本县文化部门曾经办过那种活动，资源和经验都很充足。

他表示：“很好。”

“需要办一个吗？”

“再说吧。”

“康副书记什么时候能来？”我问。

“我排一下时间。”

我们迅速进入第二轮准备，还如上一回，只做不说。这一回时间很短，两天后潘伟杰给我一个电话，又是那句话：停，没有时间。

黄胜利问我："有那么忙吗？"

这只有潘伟杰才清楚，我不知道。以我感觉，不管官多大，不管有多忙，偶尔忙里偷闲，随心所欲，看看美术馆，找若干合适的人见一见，似也做得到。康庄一再不能成行自有其缘故，我们无从得知，只能等待。

现在终于等到了。于康庄这样的领导而言，此来除了看看本县美术馆的楼房、环境以及馆藏作品，借机与当地知名书画艺术家相会也就是来个雅集，属于题中应有之义。县美术馆举办类似活动，也属推动本地文化事业发展需要。问题是潘伟杰的要求太高，康庄拟隆重出席的本场雅集不允许只拿现存于县境之内的书画家充数，把本市及省城那几位本县籍大牌请回来"趴替"也不够，潘伟杰指名道姓要方鹏，似乎还是必要前提，这就产生了巨大的不确定性。方鹏是本县人，其方氏家族是本县一个书画世家，其父曾在本县文化馆供职，早早给调去首都一个文化部门工作。方本人出生、成长于北京，一口北京话字正腔圆，身形魁梧，着汉装，长发及肩，艺术范十足，他那些留在本地的方氏族亲，即使字写得丝毫不逊，与他站在一块都如群鸡望鹤。方鹏成名早，五十出头已是书法界一大名流，头衔极多，人称“方老师”，也有人早早尊称他为“大师”，据说其右手那几个指头堪比印钞机，写几幅字就能在首都换一套房子。也许因为名气过大，比之其他本县籍在外名家，方鹏与家乡的关联最为平淡，近年间本县几次重要活动邀请过他，他从不到场。我本人曾经利用到北京开会之机，由他的一位堂叔出面联系，请他吃过一次饭，他只到场十几分钟，算是给堂叔和家乡书记各半个面子，话没说几句就起身告辞，说是一位前国家领导人有请，让本书记倍觉自己官小。由于这些记录，我感觉于此人毫无把握。

但是不能不努力争取。我把任务交给黄胜利，要他立刻联络。

“那只大鸟啊。”黄胜利感慨，“咱们拿什么把他赶进鸡笼里？”

我让他想办法，可以先摸摸情况。方鹏有个

表弟是花鸟画家，目前担任本县文联副主席，就从这个人入手接触。有什么进展要随时向我报告，包括接待和雅集的其他准备工作。由于飞机上不能用手机，落地后我会立刻与黄联系。

“不如请胡书记打上门，拎着他的脖子直接从北京带回来省事。”黄胜利说。

我问：“咱们那个洞怎么办？你来？”

他嘿嘿道：“我哪有办法？”

“那么就靠你老黄。”我强调，“上心一点，多想办法。这个对咱们很重要。”

“这只大鸟？”

“我是说康庄。明白吧？”

于是分头行事。我率身边一行搭上预定航班，按照飞行要求关闭手机，直上蓝天。我知道黄胜利会按照我的要求立刻组织人马投入准备，该同志虽然嘴上喜欢叫唤，工作总体还是负责的。特别是面对康庄这种强悍领导，真是没有哪个小领导敢开玩笑。

起飞前我还给市委书记曹书耀打电话报告。曹是我的直接领导，康庄到我县参加活动，尽管是临时安排的短暂活动，我亦须报告。曹已经知道情况，是潘伟杰告诉他的，潘特地说明：康庄明确要求由县里安排，市领导不要过来陪。曹必须得照此办理，但是依然需要关心过问，因为本县在他管辖之下，要是本县没做好，他也脸上无光。曹在电话里要我务必万无一失，领导到来时间虽短，却很重要。他知道我正要去北京跑项目，表示不行的话就把北京的事延后吧。我告诉他时间上并不矛盾，已经交代黄胜利先做准备，我办完事立刻回县里落实，没有问题。

他表了态：“你自己把握好。”

“曹书记放心。有情况我随时报告。”

两个多小时后飞机落地，我刚打开手机，黄胜利就来了电话。

“恐怕没戏。”他报了个坏消息。

接待与雅集的所有准备均已顺利开展，没有问题。但是方鹏来不了，一口拒绝，说是时间冲突，有重要外事活动。这明显是托词。由于新冠疫情影响尚存，近日新闻里所见外宾光临的消息不多，即便有，那也是国家领导人的事，与这只大鸟何干？

“怎么办呢？”黄胜利问，“胡书记能不能亲自出马？”

为什么如此建议？因为大鸟看不上黄胜利。通过县文联那位方氏表弟，黄胜利直接与方鹏通了电话。方在电话里问黄胜利是不是当书记了？不是？是县长？书记去哪儿啦？还是那个胡什么谦吗？

本人姓胡名谦毅，那是我出生时，父亲请求村小学校长给起的。这名字起得好，所以才有今天的胡书记。方鹏很难得，我的三个字他能记住两个，只是顺序记乱了，不是胡什么谦，应当称胡谦什么。

我命黄胜利继续努力争取，决不放弃。表弟解决不了问题，找表妹，或者大姑大姨什么的，总有人能够说动他。可以多头并进，共同努力。

黄胜利听命，迅速组织力量，深挖各种资源。小小县城，类似资源很丰富，找出来并不困难，于是方鹏的手机被不断骚扰。此人很坚强，口风始终没有松动，直到恼火，拒绝接听所有电话。

事情至此卡壳，做不下去了。人家是艺术家、“大师”，高居于京城，不是我们属下干部，我们于他鞭长莫及，拿他一点办法都没有。怎么办？放弃吗？不行。必须勉为其难，而且必须成功，否则便如潘伟杰当初警告，无法向康庄交代了。

当晚我在北京所居旅馆给方鹏挂了电话，用的是一个特殊号码。

他接了电话，很诧异：“胡？你怎么有这个电话？”

我说：“你懂的。”

他表示不满，问我到底想干什么，是不是大围剿。我不讳言，黄胜利确实是按照我的指示，发动群众以亲情和乡情呼唤，看起来确实给方鹏留下深刻印象，尽管他似乎不为所动。我作为当地第一把手本该第一个给方打电话，主要因为飞机上不允许，只好最后才参加围剿。

此刻我在北京，不是专程来请方鹏回乡，是来跑一个项目。该项目很重要，方鹏或许还记得，上回在京一起吃饭时我曾介绍过。

“那个洞？”

那可不是一般的洞，实为全县人民包括方氏族人造福。这个洞还可以让方鹏名垂青史，至少让我县数十万百姓及其子孙一代一代记着他。

“瞎掰嘛。”

并非瞎掰。我拟请方鹏为这个洞题字，来日刻写于洞口，包括大名落款。希望方鹏欣然回乡，参加后天也就是周五晚上于县美术馆举办的重要雅集，让省委康庄副书记一起见证他当场题字青史留名的高光时刻。

他默不作声，好一会儿。

“我不坐飞机。”他说。

“有高铁。”

“我只坐商务座。”他说。

“没问题。”

他扔下一句话：“再说吧。”

轮到我诧异不已。无论“再说”什么，他像是松口了，转变似乎过于突然。我感觉这只大鸟其实相当务实，如果说在本县的某个洞口刻个碑青史留名或能打动我，他这种人似乎不太可能感兴趣。

二

接下来的错误是那个洞。

所谓“洞”是通俗说法，改用美声唱法，应当叫“隧道”。我跟方鹏提起该隧道时用了若干形容词，那不算夸张，该隧道于我县确实非常重要。

隧道是个啥？没有谁不知道。坐上汽车火车，进入山区丘陵，无论省道国道高速公路高铁动车线，都有一个个隧道在夹道欢迎。但是我和黄胜利的隧道与它们有别，不是公路隧道，也不是铁路隧道，它是引水设施，类似于公路路面下的那种过水涵洞，只不过更大，更长，更壮观，更需要花钱。

本县位于丘陵地带，县城以及周边几个镇地势相对平坦，有若干小盆地，是人口集中地，也是经济较发达地带。近十年来，在经济社会迅速发展的同时，本县县城及周边乡镇日益为缺水所苦，特别在干旱季节，断断续续停水成为常态，影响二三十万人口，也对区域内的农业和工业企业生产极为不利。本县并不处于祖国西北干旱半干旱地带，如此缺水实不应当，究其根源，罪在清朝初年任职本县的某一位县太爷。这位知县大人任上遇到一场毁灭性大洪水，县城淹没，“十室九废”，县衙与县学亦未幸免。灾后，此人奏请朝廷同意，以“永避洪涛”为由，将本县县治迁到目前所在地。这里与旧县城的区别在于地势较高，亦较平坦，所赖于取水的河流水量相对较小，哪怕十倍暴涨也难以遍淹全城。这一巨大优势在数百年后成了问题，让眼下我们这些县领导和众多百姓饱受缺水之苦。以当下县城体量之大，不可能再找个地方“拎包入住”，“永避缺水”，只能设法引入新水源。本县北部山区有一座大型水库，水量充足，水质优良，专家们论证，把那里的水引入，至少可以保证县城一带以目前发展速度，百年无缺水之忧。引水的困难主要是距离较远，且需要通过雄卧于县城北部的大山。这座山在以往难以逾越，眼下却可以对付，最佳方案是打洞也就是修一条分为数段的大型穿山引水隧道，把水引入县城。凿洞穿山能兼顾供水环保节能，技术上已经没有困难，最大的问题就是资金。以本县之财力，挖不了这么长一个洞，只能向上争取。在我和黄胜利之前，已经有数届县委、县政府班子在操心这个洞，取得了若干进展，却还未能根本突破。我到任后，恰中央有加强小城镇基础设施建设的新政策出台，比照条件，我县可以从中争取一大块资金，我决定全力以赴。

当时黄胜利有顾虑，他说："拿钱去填这个洞，咱们只能喝白开水。"

他的意思是说，即便可以得到中央和省里经费支持，本县依然还得筹集大量资金投进这条隧洞。现在哪有钱？都是吃饭财政，这一投可不就没饭吃了。作为县长，他得管钱理财，有顾虑可以理解，却必须让他向前看。我找他谈了几次话，用的是当年潘伟杰教导我的方式。我告诉他，咱们俩无论如何不可能掌握一个地球，但还是掌握了一个县。来日或许咱们还能掌握更多，那得看咱们眼下做得怎样。咱们可以不去管什么洞，听任老百姓三天两头在家里一边拿大桶大盆蓄水、抗旱、冲马桶，一边骂娘。咱们也可以千方百计去挖那个洞，让工厂、农村和家中的水龙头都可以信任。多想办法，也不至于只能喝白开水。有朝一日事成，虽然按规定不能在那个洞口刻个名字，至少咱们自己心里会感觉高兴，有成就感，不枉咱们曾经掌握过这里。在咱们县，所谓“修桥铺路做功德”不够，现在还得加上挖洞，修桥、铺路、挖洞，都属国计民生。这种事应该做，也很值得。

黄胜利举手：“你是书记，你定。”

当然不是我定或者我俩定了即可，这种事要班子统一思想，大家共同努力。经过反复研究，上下一致，事情推上日程，由我亲自主抓。一年多时间里我多次带队穿梭京城省城市府，从各级各相关部门获取支持，逐步推进。这种事不做则已，一做起来千头万绪，困难重重，往往费尽九牛二虎之力，到头来又回到原点，山穷水尽。这时候怎么办？不能放弃，必须另辟蹊径，勉为其难，直到柳暗花明。幸而勉为其难一向是本人强项。所谓“小官不做大事”，像我这样虽然官小还想做大，那就得勉为其难，或者如潘伟杰所表扬再加一个锲而不舍。这一次我带队进京，主要任务是拜见生态环境部一位负责司长，汇报项目环保评估方面的有关情况，递交几份材料，设法解决其中若干困难。联络中有过一些周折，好不容易确定下来，最怕前功尽弃，所以我只能把筹办雅集接待康庄的准备先交给黄胜利，自己一头扑往北京。

这件事还是起了波折。第二天早晨，我们正准备从旅馆出发之际，一个电话打到我的手机上。来电者是生态环境部一年轻处长，本市人，北大毕业后经公考进入该部。此人的母亲是本县人，其外婆还健在，已经八十多岁，与他舅舅一家一起，住在本县城关。宽泛算来，我县也是他的家乡，他是我们县的外孙，算外甥也行。我通过一些曲折途径，意外发现此人，而后千方百计联络上，还帮助他舅舅解决孩子就业等困难，他很感激，愿意提供帮助，被我们戏称为“卧底”。这一回是他帮我们与负责司长联络上的，此刻他突然来报：司长临时有任务，跟随部领导去国务院汇报工作，今天上午见不了了。司长表示下午看看情况，还说不准。

我一时无语。

怎么办？等吗？根据我的经验，我们这种人办这种事，等候不是问题，不等候有时反而让人心跳，只怕过于顺利倒不是好兆头。世间没有什么事是真正简单的，任何简单的事都可能变得复杂无比，我们要做的这种事尤其是。在京城这种大地方，面对这么多大部门大人物，我的老领导潘伟杰位高权重有水平，也都不那么游刃有余，何况我。因此每一次到北京办事，我们都会有足够思想准备，时间上留有余地，始终打算碰上一些新情况，再想办法解决。从上午等到下午，从今天等到明天，在以往都正常，没关系，预料之中，只要没说死，等候就不是个事。这一次却不一样，情况比较严重。明天傍晚康庄将光临本县，那个事不敢有丝毫闪失，此刻在北京一小时一小时消耗时间，相当于明天往自己脖子上一圈一圈绕绳子。

我考虑恐怕得果断撤退。原有约定已经错过，司长没有给出新的确切约定，“下午看看”具有很大的不确定性，很可能还会后推，而我已经没有时间。由于错过约定不是我们的原因，此时以“县里突然有重要事情”为由撤退，道理上说得过去，毕竟我们已经到了北京，充分表现了诚意。问题是回头即意味着劳而无功，比之昨日机场撤退还多浪费六张来回机票，钱丢到水里固然可惜，事情因此拖延才更是问题，没有什么比功败垂成更让我难以接受。

那么是否可以搏一下？我们手中似乎还有一点等待时间。也许越是这种时候，越得勉为其难，这才有望得成。

我决定沉住气，暂不急于撤退。

黄胜利来电话报告情况，他大声叫唤：“老天爷，不是一只两只，一来一群！”

昨晚方鹏松口之后，我命黄胜利迅速跟进，趁热打铁。经他们不懈努力，方鹏终于确定应邀返乡参加雅集，并指定他的助理具体联络行程细节。今天清晨，该助理传来一份行程单，名单里却不只方鹏一人，竟然一二三四五，赫然一群，随同方大师返乡。仅从名字、身份证号上看，其中有男有女，各自的身份、来历、职业等等则无从得知。我们邀请方鹏参加活动，他给我们弄来一群不清不楚的客人，这应该吗？当然不应该。我们可以拒绝吗？当然不行。

我说：“一群就一群吧。感谢他没给咱们整一个团来。”

“商务座贵死了，比飞机票还贵。”

“你是县长，你有办法。”

“不好开支啊。”

“扣我工资吧，不够扣你的。”

他笑说："胡书记跟这只大鸟真够意思。"

我告诉他，大鸟很重要，雅集也很重要，但是对我们来说康庄才是最重要的。

"这就是书记水平嘛。"他调侃。

我让黄胜利赶紧安排人准备一份汇报材料，到时候给我。

"不是不要求汇报吗？"

"咱们不汇报全面，讲那个洞就好。好不容易来了大领导，不能让人家白来。"

他大笑："胡书记真是无孔不入。"

我指出他表述不准确，不是无孔不入，是要在没有孔的大山钻出一个孔洞。

"可千万小心，别把自己也填进那个洞里。"他说。

这家伙一语成谶。

在等待司长召见的焦灼中，我给潘伟杰发了条短信。考虑到此刻他可能陪领导忙碌有所不便，我没敢打电话。我向他报告，称方鹏确定前来参加雅集，已为其一行定好高铁车票，周五上午从北京出发，预计于当天下午五点左右到达我市火车站，大约半小时后可接到本县。

这个时间是方鹏确定的，他真是惜时如金，卡得非常紧凑，不愿意为家乡浪费哪怕多一小时。虽然坐飞机需要到省城机场后换乘汽车，总耗时还是比高铁更少一点，但是他不考虑，可能怕出事。都知道飞机出事概率很低，毕竟只怕万一。

潘伟杰很快回了短信，很简单，一个字——好。

这就是说，要件俱备，雅集可以举办，康庄确定光临。

我在短信里特意点到了“其一行”，这很有必要，必须让潘知道方鹏欣然光临，还带来了若干人。这当然不是想让老同学拿工资为他们支付高铁车票，只是预做铺垫。周五这场雅集不同于其他，是为领导准备的，什么人可以参加、什么人不可以需要特别斟酌，且不是我们自己可以决定。方鹏想带谁带谁，作为有求者我们不能干涉，得照单全收，不能因为几张高铁票之类枝节问题让他不高兴，翻脸反悔，必须先把人弄来，然后再说。方鹏带来的这些人未必都适合登堂入室，面见领导，我倒不担心里边混有刺客拟于雅集上行凶，只担心会有身份不当形象不宜者。例如方带来了某女子，如果是原配夫人，来为他铺纸盖印收钱，这个没问题。如果是“小三”呢？艺术家好这口是他自己的事，浓妆艳抹、搔首弄姿领到领导面前就大大不好，只怕酿出严重问题。本雅集参加者应是书画名家，如果方鹏带来几位京城同行朋友，无论他们像方一样长发披肩或者剃光头甚至扎俩小辫一概无妨，我都热烈欢迎，哪怕不是大师，不会写字，但是会几句诗，那也勉强。其他身份，例如开饭馆的、挖煤矿的，三教九流之辈就得警惕。如果混进个把粗俗角色，与省领导济济一堂于雅集，一旦口风粗鄙露出破绽，康庄察觉了，板起脸，我岂不就成了热锅上的蚂蚁？所以需要把关，我们自己把关还不够，到时候可能还需要请潘伟杰最后定夺。

由于预定的拜见司长未能如期进行，我心

里着急，生怕自己真的给陷进洞里，感觉需要有所防范，未雨绸缪。我给潘伟杰另外发了一条短信，报称雅集一应准备都顺利，有关细节与进展我都亲自过问、掌握，采用遥控方式。我本人此刻还在北京跑项目，我会尽快结束这边的事务，及时赶回去迎接领导光临。

几分钟后手机铃响，是潘伟杰。他没回短信，直接打来电话。

“怎么跑那么远？”他问。

我把情况报告了。我们那个洞的事他清楚，这一年多来，我已经多次向他汇报过，借助他身居权力中枢，背靠重要领导的有利地位，请他帮助解决项目推进中的若干困难。他还像当年一样不吝赐教，既肯定我敢办大事，继续发扬勉为其难的胡谦毅精神，又有所担心，怕我劳而无功，骑虎难下。尽管不乏疑问，他还是大力支持，关心得很具体，他帮我打过几个重要电话，协调过省里几个相关部门，请他们关照，还答应我，时机成熟时会请康庄出面相助。我感觉眼下时机基本成熟。在生态环境部相关事项办妥之后，这个项目的各个要件就大体完备，有望获批。接下来还有很多事情，其中最重要的莫过于争取省里的配套资金和政策支持，这一块蛋糕切得越大，拿到的政策支持越有利，项目就越顺利。如果我们能请出康庄过问支持，必事半而功倍。所谓时机成熟当然还包含“刚好碰上”。通常情况下，我们这个洞想提到康庄那里很不容易，大领导大事多，本县有如天大的项目到了他那里实不算什么，全省那么多县市，类似项目都想请领导关心，排队排到省委大院外头几条街去了，我们即便有潘伟杰相助也未必能顺畅挤到领导桌面上。此刻不用我们去挤，人家领导自己来了。尽管康庄此行意图明确，并非视察调研，时间也短，毕竟到了一个县，顺便了解一下当地情况，特别是重大事项，也属常理。于我们这就是最佳时机。做任何事情都需要不懈努力，有时也还得靠“天助先生”，节骨眼上领导把自己送上门来，这就是所谓天助了。

“难得胡谦毅。”潘伟杰肯定，“项目办

到这种程度，不容易。”

“还不是靠老领导支持。”我说。

“你可以简单报告一下。准备的材料就交给我。”他表态，“要根据当时情况。”

他的意思很明白：那个洞的事情可以说，但是要看情况。气氛好，领导很高兴，但说无妨。如果领导看过美术馆，很不满意，或者雅集办砸了，让人家吹胡子瞪眼，那么除了赶紧检讨，一句话都不要多说。那种情况下敢拿什么洞去烦领导，那就是给自己找祸，不给一巴掌赶走才怪，连同那个洞。

潘伟杰又补了一句：“你自己也写一个。”

“什么？”

“个人情况。履历、表现、主要政绩，全面点。”

我说：“好的。”

“简要。不能长，两三页就可以。”

“谢谢。”

“赶紧回来，不要误事。”潘伟杰交代。

这个无须交代，我还能不明白吗？

显而易见，这场雅集太重要了，远不是一锅供艺术家们热火朝天开“趴替”的红烧猪蹄。除了能近距离接触领导，给领导留下印象，它也让我们有机会汇报情况提交材料，推进引水隧道项目。现在又加上“个人情况”。潘伟杰点到为止，没有就此多说，我却清楚非比一般，就我本人而言，这突如其来的“个人情况”可能是最重要的。因此雅集务必办好，绝对不能有误，特别是不能耽误。航班错过了可以改签，本雅集错过恐怕就再也没有了。

不料顷刻间航班改签成了我的难题。

按照原先安排，此行除了生态环境部这件要事外，还有若干零星事项，需要在北京跑两天。由于康庄即将光临，我临时做了调整，只管今天上午见司长这个最重要的事，谈过后可能会派生一些要求，需要马上做，加上其他零星事项，就交给刘群他们在京处理。刘是县政府分管副县长，作为副手与我一起带队来京，我让他留在北京全权负责后边这些事，有问题电话联系，我自己就不再逗留。返程机票因之改签为周四晚间十一点，该航班跨越日期线，周五一时以后才会降落。选择这种红眼航班，主要是考虑留有余地，以防意外变故。结果果然发生了意外，上午泡汤，“下午看看情况”。这就表明改签红眼航班确实富有远见，它为我预留了整整一个下午，只要下午能办成事，那么该飞机依旧可用。可惜事情不如人所愿，整整一个下午，一行人提心吊胆等消息，“卧底”隔会儿来一个电话，没有一个是我们想要的。司长已经回到部里，一直在他的办公室闭门开会。“卧底”面都见不到，电话也联系不上。“卧底”属于部里另外一个部门，并不在他那个司，找他联系要乘两层电梯才能到，跑上跑下也很不容易。

“看这样子像是没戏了。”“卧底”说，“也许明天？”

我感觉手心开始出汗。我请“卧底”务必想个办法，恳请司长百忙中拨冗接见，力求下午能成，赶在下班前也行。即便下午办不成，那么就晚上，哪怕今晚抽一小点时间给我们。

之所以如此迫切，是有一个特殊原因：明天下午省委副书记康庄要到本县检查工作，我作为县委书记必须在岗。

但是未遂。司长没有时间，当晚部里加班开会。“卧底”直到晚十点离开办公大楼，还是连司长的面都没见上。

他感觉很遗憾，直接给我打了电话：“胡书记，不好意思啊。”

我说：“别那么讲，让你费心了。”

“你那边事情不能等，那就赶紧回吧。我会替你解释，请司长另外定时间。到时候你们再来。”他表示。

事情至此还有什么办法？

能不能把事情交给刘群，让他代替我去见司长？不外也是那些事，汇报，递交，请求指示，看看需要什么补充，等等，谁去不一样？理论上是行的，实际却不行。就好比我把雅集丢给县长黄胜利，让他去负责接待康庄，我自己待在北京不走，这可以吗？当然不行。就北京这件事而言，县委书记与副县长身份、职责、权力有所不同，前者能够决定的事情，后者未必可以，前者可以表的态，后者也未必敢表。即便给刘群完全权限，可以像我一样决定表态，那也不行。县委书记来拜见司长汇报项目，与派个副县长去，给对方的感觉肯定不一样，结果也很可能不一样。正的不来来个副的，第一把手换成第七把手，明摆地表明自己都不重视这个事，那还忙活什么？放一边去吧。事情要是做成这样，真是比暂时不做还要糟糕。所以如果我已经不能前去拜见汇报，这个事只能延后。

但是我实在不甘心。这时已经入夜，速往机场赶红眼航班，时间还来得及，我却迟迟不动，也许因为丢下去的时间越多，下狠心走人就越困难。这时候我需要说服自己。我告诉自己：此刻决然离去损失惨重，不说其他，原本考虑利用康庄光临之机汇报项目递送材料，恐怕也得相应暂缓，再待“时机成熟”。这还得等到什么时候？能指望总有一位叫“天助先生”的好朋友在前边笑眯眯看着我？

我让随行人员细查航班，分析选项，用倒计时方式，以康庄一行预计到达我县时间，也就是明天下午五时为终点，往回推，扣除途中各交通段所需时间，看看可供选择的航班有几个，其中最后一个航班就是底线。经分析斟酌，这条底线划在明日中午一时三十分的一个航班上。严格说该航班已经过线，坐那架飞机，即便一切顺利，回到本县的时间预计也在下午五点半，比康庄一行晚抵半小时，这就成为问题。但是如果不踩这条底线，此前的一个航班是上午十点半，基本上是起床就得直奔机场，干不了别的事，与眼下去赶红眼航班是一回事，于我没有意义。

我下了决心："改签，踩这条底线。"

决心勉为其难，也因心存侥幸：康庄一行并不是坐火车，未必一定在那个钟点到达，或许他们会有所推迟。即便像高铁一般准时，让黄胜利设法拖一拖，领导到达后，请他们先擦一把脸，在休息室坐一坐，喝喝茶，说话间我就赶到了，无缝衔接。处理得好，有可能让领导还没清晰意识到这里少个什么人，这个人就来了。潘伟杰“老领导”当然不能糊弄，我必得提前跟他私下沟通，讲清楚，请他帮助稳住康庄。以我判断，只要能把总拖延控制在半小时内，即便康庄意识到了，感觉有些不高兴，应当也容易较快消除，只要后续事项安排得好，能够令他满意。

我亲自给“卧底”打了一个电话。我告诉他，我们实在不甘无功而返，非常希望尽快把项目推动起来。我已经做出安排，再次改签航班，争取一点最后时间。明天一早我会带上行李直奔生态环境部，请大力支持，设法让我们提早进入大楼，到司长办公室外等候，赶在他上班处理事务之前见一面，略作汇报，哪怕十分钟也好。

他说：“我来想想办法。”

“家乡父老乡亲会感谢你的。”

“胡书记不必客气。”

我不是客气，是陷进洞里了，难以自拔。

三

其后的每一步都有错误。

第二天一早，由于担心为首都的交通堵塞所困，也因为心急，我们一行早早出发，其时还是满天繁星。结果道路意外通畅，车到目的地天还黑着。“卧底”在地铁给我打来电话，那时我们的车正在他们大楼周边的道路上一圈圈打转，环游，见证首都街头巨大车阵渐渐汇成洪流，蔚为壮观。

“我考虑，你们别急，还是让我先跟司长说一声。”他表示。

这跟我们昨晚商量的有所不同，增大了不确定性。他能见到司长吗？司长会不会有其他安排？没准人家一摊手：“现在忙，再说吧。”黄花菜就彻底凉了。可是我也必须设身处地替“卧底”想一想，毕竟只是个年轻处长，未经同意把我们直接带去堵在司长面前，虽不比二战时日本鬼子偷袭珍珠港，也算是突然袭击。如果司长较起真，找“卧底”头顶上的另一位司长同僚告一状，我们县这位外甥还真会吃不了兜着走，这从长远看对我们也是非常不利的。家乡需要“卧底”，实甚于“卧底”需要家乡，无论他是本县的亲儿子还是亲外甥。如果“卧底”能够顺利地在这里一步步成长起来，早早当上司长，甚至部长，来日我们再挖其他隧道洞穴，岂不比现在方便十倍？因此眼下让他先去报告、疏通，确实比较稳妥。

于是我们继续环游，时间显得格外漫长。

“卧底”相当负责，于上班前半小时到位，驻守于司长办公室外。左等右等，未见司长进门。打了电话，未接。司长办公室外已经有几个人在等候。有知情者称司长上班后直接去了部长那里，什么时候能出来不得而知。

我的手心已经冰凉，但是依旧给“卧底”鼓劲，拜托他于大楼内坚卧岗位，我们也会继续坚持在大楼外，不到最后时刻不言放弃。

黄胜利来电话，一听说我还在北京街头游荡，大惊。

“胡书记！拖不得了！赶紧走！”他叫唤。

我苦笑："放心，还有点时间。"

我问他雅集准备得怎么样？有什么问题吗？他报称方鹏有点情况，拿不准，所以给我打电话。方的表弟，县文联那位副主席悄悄告诉黄胜利，方鹏出场通常是要收钱的，也就是所谓的"出场费"，哪怕他一个字不写也得给，而且要很高，那是行内惯例。目前方鹏的助理还没有提出要这个钱，只是既然请人家来，就得有准备。这个情况对我们不是新问题，毕竟"书画之乡"，早已耳濡目染。问题是即便方鹏对家乡也要狮子开大口，痛宰一刀，他带来的人呢？难道个个都要？是拿现金，还是银行转账？黄胜利命方表弟落实这个事，特别是要私下婉转表达一个意思：本县还不富裕，财政还很困难，要办很多事情，还要挖一个洞，因此人民币很不够用。本次雅集可以安排一点出场费，却只能是象征性的，拿不出太多，人员也得控制。本县内部的艺术家一律尽义务做贡献，外边来的才考虑，请方鹏理解，别宰得太狠。事实上出场费这种项目财政根本不能开支，只能变通，例如找一位有实力的，热爱书画艺术，热心收藏名家字画的私企老板，杀猪的还是卖房子的一概不论，愿意出资就成。但是人家老板的钱也是钱，且老板们都精于算计，今天拿点钱为县里分忧，明天就会张开大嘴请县里帮助企业分忧，税收减免啦，土地款打折啦等等，归根到底，还是得从黄胜利的盘子里扒拉。黄身为县长，对钱总是特别在意。方表弟奉黄胜利之命打电话跟表哥协商，对方很不耐烦："这么小气？算了，不要。"出场费全免？有这么好吗？表弟说还是得给一点吧？方鹏还是那两个字："不要。"

"这大鸟别是有什么名堂吧？"黄胜利不安。

我也急了。万一方鹏突然变卦，为几个出场费翻脸不来，可不就彻底搞砸？那时顾不得多说，我让黄随时注意，有问题及时告诉我。随即我直接给方鹏挂了电话。

他显得不高兴："又怎么啦？"

我告诉他，此刻我还在北京，中午才能乘

飞机返回。时间不凑巧，没办法亲自到车站迎接，只能请其他县领导代表了。

“不要，客气啥。”

尽管还是“不要”，我却放心了。为什么？他一接电话，我就听到话筒里有一个杂声，隐隐约约，是广播，“本列车全程禁烟”，听来很亲切。当下凡坐过火车的人都熟悉该广播，它总是孜孜不倦地告知列车上抽烟可能要负法律责任。这广播声响让我突然想起来，按照原订车次，此刻方鹏一行应当已经在高铁车上，如果他们还没上车，那就完蛋了，再没有哪趟列车有足够时间让他欣然光临雅集，哪怕我给他打一百个电话也是白搭，都属明日黄花。以手机听筒里的隐约声响判断，他已经动身，出场费未予计较。这有些出乎意料。看来该大师还讲信用，且乡情尚存。

但是他会不会于中途突然止步，张嘴要钱？可能性似乎不大，却还是令我担忧。大师到达之前，一切皆有可能，必须时时盯紧以防意外。尽管天要下雨，娘要嫁人，都是没办法的事，于我们还是得勉为其难。

上午十点半，“卧底”没有进一步消息。给他打电话，未接，不知何故。我知道不能再等了，已经到了必须放弃的时候，如果不立刻撤退，结果会是两头错失，一事无成。我摸了摸自己的公文包，下了最后决心。

“去机场。”我说。

我的公文包里装着原拟呈交给司长审阅的材料，它让我费尽心思，可惜暂时用不上了。包里还另有一份《胡谦毅同志个人情况》，内容完整，文字量不大，一共两页半，符合要求。这份材料是昨晚在旅馆房间里连夜赶出来的。原本打算北京返回后再写，待到决意改签底线航班之后，我知道自己已经没有时间，务必在旅途中完成该材料。由于跑项目需要，此行有县委办一位年轻干事随队前来，他带有笔记本电脑和小打印机，甚至还有文件头和印章，一旦需要，可立刻拟订、修改文件或报告，打印送交，争取时间。年轻人嘴密，很可靠，昨晚我在房间里口述，他打字，完成这份《个人情况》

并输出纸质文本，经修改、定稿，最终打印出一份正式文本，收在我的公文包里。此刻北京之事未成，剩下的最重要事项再无其他，就是带着这份材料赶紧返回，在预定时间接待康庄，进入雅集。

不料撤退不到十分钟，“卧底”的电话突然而至，气喘吁吁：“赶紧来。快！”

我愣了片刻，右手抓了两下公文包。那时心里有一个声音在提出强烈警告：“不行！迟了！别管他！”

“回头！”我狠下决心，“去部里！”

而后已经无法后悔。就像打仗冲锋，我们以最快速度返回，赶到大楼入口，“卧底”已经等候在那里，带我们一行匆匆进入。我们上了电梯，一层层向上，那时一行人只是喘息，一句话都顾不上说。我们没到司长的办公室，“卧底”把我们领进一间小会议室，推开门让我们进入，小会议室里空无一人。

“稍等会儿。”他说。

他走出房间，掩上门。我们坐在会议桌旁

等待。几分钟后门被推开，司长走了进来。直到见到真身这一刻，我才终于放下心来。

二十多分钟后，我们离开那间小会议室，以最快的速度告别大楼，从出口登车离开，直奔机场。时距我的底线航班起飞时间只剩不到两小时。那一路已经顾不上其他感觉，满心里都是焦灼，我的两个手掌下意识地抓紧公文包的提手，一路抓到了机场。

我居然在截止登机之前走进了机舱。

我给黄胜利打了个电话，告知我已经在飞机上了。

“谢天谢地。”他说，“赶紧回来，等你呢。”

“又怎么？”

据方表弟最新消息，方大师还在高铁列车上，并未因出场费问题中途逃逸。但是眼看康庄就要到了，有些事得立刻拍板，接待晚餐名单座次，雅集程序安排，等等。黄胜利就此请示，问我意见。

“把方案传给我，赶在起飞前。”我交代，

“还有那份汇报材料。”

“我让他们马上传。”黄胜利问了一句，“还是没见到人吗？”

我告诉他：“成了。”

他大吃一惊：“环境部？”

“是。”我回答，“回头细说。”

“哎呀！不愧胡书记。”

“还是县长名字好，黄胜利啊。”

“不好。虽然胜利，但是又黄了。”

感觉松弛下来之际，可以开开玩笑了。直到此刻我才敢去回味刚经历的这一两个小时，确认两个真实情况：一是经多方努力，勉为其难，我们终究把事情办了。这有赖于“卧底”功不可没，也得益于司长的宽容理解。人家把自己在办公室召集的一个碰头会暂停，抽出时间见了我们，这才让我们如愿以偿。然后还有第二个真实情况，那就是我已经坐在飞机上了。此刻这比什么都重要，两个真实情况如果二缺一，无论缺的是谁，都是万分遗憾。

不料我笑得早了。

我在飞机上等来了接待、雅集两份工作方案和引水隧道汇报材料，赶在关闭手机之前匆匆浏览一遍，其中有几个细节需要调整，拟在飞机落地后再跟黄胜利通话。手机关闭了许久，一直未见飞机滑上跑道，一机舱乘客面面相觑，才听机长通知：是空中管制。暂时不能起飞，等待塔台指令。

我呆若木鸡。大事不好，“天助先生”脱岗了。

我们的飞机趴在机场上一动不动，我也一动不动备受煎熬。等候许久一直没能起飞，乘客们纷纷重新打开手机。我在开机之前粗略测算行程，心知即便此刻起飞，也不可能在晚上六点前到位了。这就是说，我已经不再是错过迎接康庄的节点，陪同晚餐的节点也将错过。如果“天助先生”突然回归，飞机冲天而起，顺利的话或许我能赶上雅集，最快就是赶上晚餐最后的甜点。

我给潘伟杰打了个电话。此刻事急，不发短信了，直接通话。

他们按原定计划，一行人午饭后略事休息，现已从宾馆出发。大部分人员直接返回省城，康庄等人将于中途折转本县。

“有一个情况，赶紧向老领导报告。”我说。

潘一听我还在北京，被困在飞机上，急了。

“你怎么搞的！”

我说：“是我的错。”

这个时候任何解释都没有用，需要的就是检讨并设法补救。我向潘伟杰担保，接待与雅集准备工作一切顺利，不会有差错。县长黄胜利靠得住，而且我始终亲自遥控掌握。我在首都机场还会持续不断地掌握情况，过问所有准备。一旦飞机起飞关闭手机，可能有两个来小时无法联络，一落地我会马上把事情再掌握起来，于赶赴本县途中及时处理好相关细节，确保雅集成功。现在的主要问题是康庄到达时，然后是接待晚餐时，我作为本县第一把手不在场，这是非常失礼，非常不应该的，无论有什么理由。我担心康庄因此不高兴，严重影响本次视察和雅集气氛，对本县日后工作需求也非常不利。就此特殊情况，可不可以由我迅速向市委书记曹书耀报告并检讨，恳请曹安排本市陈珍副市长前来，接待并陪同康庄？陈是一位女同志，管文教，亦挂钩本县，眼下请她出面似也合适。

潘伟杰直截了当：“不要。”

“会不会……”

“想办法。尽快。”他挂了电话。

康庄曾经明确指示，本次活动接待从简，不要市领导前来陪同。因此无论叫个谁来，都属违背指示，有如自己往枪口上撞。问题是现在情况不正常，县委书记给飞机困住了，关键时刻掉了链子。这时如果只靠县长撑着，降格接待，对省领导很失礼，市领导赶来救场则是提高规格，表现出对康庄光临的高度重视，也属合情合理。只要说清楚，康庄可能就会释然，雅集可以保持一个好的气氛。我自认为如此考虑还有道理，虽然也属勉为其难，毕竟相对可以止损。这里当然也有点个人考虑：如果有一个市领导顶上来，我的失误和缺位可能就不显得那么突出。只要接下来化解得好，那个洞以及《胡谦毅同志个人情况》可能尚有机会。

但是潘伟杰断然否决。其意思很明确，在我想尽一切办法尽快赶到之前，就由县长顶着，不需要叫其他领导。这种情况下我还能怎么办？

以我感觉，康庄来本县看看美术馆，参加一次雅集，既是工作，也含休闲，需要注意影响，不想兴师动众，这可以理解。问题是既然可以把一位方鹏远从北京请来，让一个市领导就近前来协助应急应当也属可行。前者是艺术家，当然更适合雅集这种场合，后者也不是不需要的，不外是拿一个副市长临时顶替一个县委书记，为什么不行？难道有什么不对不好？联想起康庄此来曾经有过的一波三折，或许真有什么不对不好？身在基层，对高层了解有限，哪怕我一心勉为其难，此刻实已山穷水尽。

这时突然手机铃响。我一看屏幕，坏了，是曹书耀。这个时候，让我最担心，最不想接的就是这个电话了。可是只能硬起头皮。

“你在哪里？”他问。

我报告了情况。他大怒：“你到底怎么回事！”

“是我的错。”

“让你把握好！怎么搞成这样？为什么早不报告？”

“才开机，刚想给您报告。”

曹作为市委书记，他有必要了解督促，确保我们安排好今晚的接待。我们自己当然更该主动报告情况，特别是在发生意外之际。之所以我没在第一时间先给他打电话，主要因为我那个挽救之策必须先经潘认可，才可以向曹建议。此刻无法多解释，我只能重复那些说辞：一切准备就绪，我会随时掌握，争取尽快赶到。

“到底得什么时候？”他追问。

眼下飞机还趴在机场，没有起飞的意思。无法推测什么时候能飞，无法预测我的到达时间，我特别着急。

他直接挂了电话。

我感觉非常沮丧。可惜沮丧不解决问题，该做的事情还必须做，刻不容缓。

我挂黄胜利手机，占线。几分钟后再挂还是占线。几次三番，最后是他回了过来。

“你真的还困在飞机上？”他惊问。

“我能在天上打电话吗？”

我心里有一丝惊讶：他怎么知道我给困住了？

“完了完了！”

我给他打气。不会完，哪怕完了也只是胡谦毅，黄胜利依旧胜利。没什么大不了的，不就是雅集那点事吗？我们能行，没问题。

这时他才告诉我，情况是曹书耀告诉他的，刚才占线就是曹。曹跟我通完话后立刻就找了他，询问接待康庄的准备情况。曹提出几个注意事项，要求随时直接向他本人汇报。听起来，曹像是打算亲自处理这个事。

“他要赶过来吗？”我问。

“没说。”

我的手心又是一片冰凉。

眼下所有可能选项里，曹书耀亲自出马于我应当是风险最大的，原因不在其他，只在他是我的直接领导。我曾经打算建议曹指派陈珍副市长来救急，为什么曹自己来就不好了？原因相同。以康庄的个性，违背他的意愿，很可能即刻拉下脸，直接训斥。陈珍有可能例外，因为她不知底细，是奉派来的，且负责挂钩本县，理由充足。关键一条人家是女性，所谓“女士们先生们”，康庄再凶，对女下属还应宽容为是。在这一方面，曹书耀享受不了陈珍的待遇。两位领导一见面，如果康庄不计较，轻描淡写，那就皆大欢喜。一旦瞪起眼就坏了，罪责全部在我。这还会让我在“老领导”面前非常尴尬，潘伟杰明确表示“不要”，怎么我还是把市领导弄来了，而且还是曹本人？

我发觉自己真是陷进洞里了，越陷越深。

黄胜利报告了一个情况：有一个名叫邵彬的人，据说是京城某文化传播公司的老板。这个人坐飞机从上海中转，预计于今天下午四点飞抵省城机场，需要安排个车去接。这个事是突然冒出来的，刚由方鹏的助理在高铁途中交代。本该事前联络好的，怎么会突然出题目？那位助理还不耐烦："这不是就在提前跟你们说吗？"黄胜利查了一下，发觉邵彬不是新人，其名字早列在方鹏随行一群五位之中。这就是说，本县已经为邵购买了高铁列车的商务座车票，但是他没有坐，因故未与方鹏同行，改乘飞机，也没有通知我们退票，那一大笔钱扔到铁轨上了。邵彬的机票倒不是我们买的，问题是他到达后从口袋里往外一掏机票要求报销，我们怎么办？还不得付款当冤大头？

"妈的，别人的钱不当钱。"黄胜利骂娘。

我即交代："老黄记住，这种事咱们回头研究就可以，给曹书记要报大事。"

"我知道。我就是跟你说说。"

方鹏的助理还提出安排邵彬上桌，参加雅集，这就需要斟酌了。我们不知道这位客人究竟是干什么的，从已知身份看似乎是位企业界人士。如果他同时兼任京城书画艺术家，我们当然热烈欢迎，如果是热爱书画艺术准备慷慨解囊的私企老板，那也还行。如果只是个挤到省领导身边凑热闹蹭热度甚至别有所图的小老板，那就不合适了。

我说：“老黄，把他列入名单，提前让潘秘书长过目，请潘把关决定。”

“好的。”

本来我还想交代那份汇报材料，所谓“那个洞”。如果我在飞机上一直耗下去，不能如愿及时赶到，把所有节点都错过了，是否让黄胜利代为处理，对康庄做口头汇报，把关于引水隧道的材料交给潘伟杰？考虑一下不好，这件事还是我亲自处理为妥，因为一直是我主抓，有些内情黄胜利未必了解详尽，万一他没讲清楚，只怕适得其反。另外还有一点，除了这份汇报材料，不是还有一份《胡谦毅同志个人情况》吗？该情况当然得由我亲自提交，无法委托任何人代劳。所以我千方百计必须赶到，哪怕在最后一分钟，一只脚踩在雅集的底线上。问题是如果真的拖延到那个时候才突然冒头，会不会反是自己跑去找骂？人家领导没看见还好，一看见顿时大火熊熊，那样的话还能指望递送什么材料？纯粹白跑，甚至比不去冒头还要糟糕。较之那种结果，或许我一直坐在这架趴窝于首都机场的飞机上倒是天助。

黄胜利的电话忽然又至。

“胡书记！”他又在电话里骂，“妈的！听说是个骗子！”

谁是骗子？邵彬，那位即将飞抵省城机场的贵客。谁说他是骗子？方表弟，本县文联副主席。表哥带来的客人，表弟却说是骗子，这都怎么回事？

我说：“老黄，沉住气。赶紧搞清楚。”

这个指控很严重。某个在脑后扎束马尾冒充艺术家或文化企业家的家伙在外边招摇撞骗，触犯法律了，可以交给警察和法官去管。要是把这骗子请到我们的雅集上，让他与省委副书记一起谈笑风生，一见如故，一旦被领导本人或者外界发觉、注意，可不就坏大事了。其影响会煮成一锅粥，不仅这个雅集，还有我所争取的一切，全都可能沦为笑柄，灰飞烟灭。

这时飞机发动机轰然有声。机长通知："本航班即将起飞。"

四

归根结底，最根本错误还在我本人。

我在北京那个旅馆房间里于百忙中抽空连夜加班，口述并亲笔改定的《胡谦毅同志个人情况》是个什么东西？严格说它不伦不类，包括其题目。它算是一份个人情况报告吗？也算也不算。说它也算，因为是由我本人拟写本人事项并提交；说它不算，因为除了罗列本人大学毕业后各工作岗位也就是履历等信息，该《个人情况》还包括有"表现"等内容，例如"政治立场坚定""德才表现优秀"等等，类同于考核材料。问题是考核材料应当由组织人事部门来做，而不是由我自己写。我写自己的这些"表现"属"参照"而作，按照考核材料模式。原本我想把"工作中能勉为其难"作为个人一大特点写进去，后来考虑不行。从字面上解，

“勉为其难”有“勉强去做能力不足的事情”之意，表面看很努力，实质却指能力差，而考核材料通常是“该同志能力强，工作胜任”。否则该同志还能用吗？当然，这么说是钻牛角尖了，较真这种《个人情况》属于什么文体没有太多实际意义，反正就是这么两三页纸，该有的都有就可以了。潘伟杰要这么个东西，并没有明确说是为什么，其实不用他说，彼此都非常清楚，就好比在书画之乡说到“润笔”，大家都知道那是什么。这种材料是要交给领导的，目的是“供参考”。潘伟杰是领导也是老同学，他与我一起于某年某月毕业于某大学地理学系，对我很了解，无须我告诉他自己德才表现如何优秀，《胡谦毅同志个人情况》虽然是交给他，却不是供他“参考”，而是要通过他提交给康庄。后者其实也无须太拿这几页纸“参考”，只是给他提供了一个可做相关处理的载体。

我说过，大学出来这么多年，虽然小有进步，至今还在基层。到本县当书记之前，我曾在另外一个县当过四年多县长，几乎干满一届。目前我在本市同僚中资格排前，以现有干部调整轮转周期看，已经到了临界点。大学里有所谓“非升即走”之说，地方基层没那么讲，时候到了，要么提升要么走人，也差不多。我自认为工作努力，虽然经常气喘吁吁，勉为其难，也还是取得若干成效，应予继续进步。只是这种事自认为无效，以我擅长的勉为其难也不管用，得有很多因素具备，其中领导关心很重要。“老领导”潘伟杰远在省城，我不时有事骚扰，却从未公然拿此类私事相求，最多是开开玩笑，恳请“老领导”多关怀。这是因为有心理障碍，说公事理直气壮，托私事面子抹不开。类似个人事项麻烦潘伟杰其实就是麻烦康庄，该领导虽然字好，却很强势，不好接触，让我望而却步，有心把自己送上门去，只怕反遭领导反感，那样的话对我不好，对潘也不好。因此我总是告诉自己，潘伟杰对我很了解，可能的话他会主动相助，如果他不开口，宜视为时机尚未成熟，等吧。事实证明此想正确，此刻该熟的熟了，潘伟杰把康庄带到了我面前，还发话让我写材料。只要本次接待包括雅集一切顺利，给领导留下良好印象，《胡谦毅同志个人情况》便可适时递交。回去之后，潘自会提醒康以合适的方式，例如转交给负责部门或领导，随口过问一下："该同志怎么样？""看起来不错？""反映还行吧？""是不是可以了解了解？"这就够了。

可惜没弄好，搞砸了。因为那个洞，或者不如说因为我自己。

到达省城机场时已经夜幕四合，飞机刚落地我就打开手机，迫不及待。以预定日程推算，此刻县里应当是在接待晚餐节点。我给黄胜利挂电话，黄没有接，可能因为在餐桌上陪领导，不敢接电话。我没再继续挂。一个未接电话足以告诉黄胜利：胡谦毅已经飞达。直到我出了机场到达厅，上了等在外边的接站车，黄胜利才打来电话。他果然是从餐桌边偷偷溜出来的。

"胡书记到哪里了？"他问。

我问："你那边情况怎么样？"

“哎呀，吓死了。”

我心里一沉，就听一个杂声从手机里传来，是那头有人在叫唤：“黄县长！县长！”

我当机立断：“老黄去忙吧，回头再说。告诉潘秘书长，我已经离开机场。”

我挂了电话。

事后了解，在此之前，从我乘坐的航班起飞到落地这段时间里，本县发生的主要相关情况有这么几项：

首先是曹书耀到来。我担心他的光临可能是我的最大风险，人家领导并不在意。他在查问过黄胜利之后迅速做出决定，立刻前来本县。陪同他的市委办公室主任给黄胜利挂电话，命黄速准备一份汇报提纲，包括各项进展以及需要解决的急迫问题，曹到后要立刻听取汇报，赶在康庄到达前研究解决好。黄胜利命县两办速办，汇报提纲拟妥打出，刚送到黄的手中，曹书耀他们的车就开进了县宾馆。

其次是邵彬身份的核实。经查，邵彬又名邵士彬，在北京经营文化产业，名下独自或合股拥有多家公司，涉及领域从广告、展览、收藏到房产等。由于所从事业务以及本人兴趣，邵与京城书画艺术界人士有较多关联。数年前，因为一起艺术品事项，邵与我县文联副主席，花鸟画家林克发生一起纠纷。林本人有一幅家传明代名家山水画，年代久远破损严重，本地工匠因技术与材料所限，难以完整修复，经同行介绍，委托北京一家专业公司处理，双方订有合同。由于该公司未按合同规定的时间与条件完成修复，林与之交涉，提出索赔，金额达十万。该公司的实际掌控人邵士彬出面与林谈判，反称林违反合同，也索赔十万。谈判不欢而散，对方威胁将提起诉讼，林遂求告于表哥方鹏。方鹏把林、邵叫到一起喝茶协商，起初邵咄咄逼人不松口，被方鹏臭骂，协商破裂。后来方动用关系，终将邵摆平，双方各退一步，各自收回索赔要求，了结纠纷。林克对这个结果并不满意。这一次方鹏应邀回乡参加雅集，随同人员中有邵彬，林克起初没有在意。直到黄胜利命林去省城机场接邵，林向方鹏的助理打听，才知道原来邵彬就是邵士彬。林耿耿于怀，拒绝接站，请黄胜利另派他人，并骂邵是“骗子”，引发黄胜利警觉，下令速查。经过初步核实，邵彬本人确实拥有实体企业，并非皮包公司老板或以行骗为职业，林克与之有过节，骂其“骗子”有情绪化因素。林克提到邵彬不会写字更不会作画，以往跟方鹏没有来往，并无交情，还曾被方臭骂过，不知道这回怎么会混进方的随员里。黄胜利觉得这是一个问题。邵怎么跟方搞在一起是他们的事，本县管不着。但是邵不会写字作画，那怎么能请进雅集，摆到康庄面前？这时恰好来了报告：到省城机场接站的人员没有接到邵彬，打几通电话才知道邵已经在路上了，自行前来，是他的一个朋友给他派的车。黄胜利一听这家伙又是提前不告，让接站车白跑，很生气，即拿起笔把邵彬的名字从雅集名单上划掉。

接下来最重要的事情就是康庄光临。康副书记一行于下午五时到达本县宾馆，准点准时，犹如高铁到站。但是他一下车就板起脸来，情绪非常恶劣。以在场者黄胜利的话形容：“哎呀，吓死了！”

这是因为曹书耀。如我所预料，康庄对自己的指示被违背非常恼火，下车时一看见曹书耀，他直截了当问：“谁让你来的！”口气很不好。曹心里有数，只是“嘿嘿”，笑而不答。一旁潘伟杰赶紧伸手跟曹握，问：“怎么没说一声？”曹回答：“有点情况。”潘伟杰摆摆手没让他说下去，指指大步走在前边的康庄示意曹：“快。”

从见面场景判断，可知曹书耀事前并没跟潘伟杰联络。这可以理解，如果曹有意来见康庄，那就不能打电话，一旦打电话，康必定否决。曹不会不知道康的个性，肯定在心里掂量过，万一康庄看到他来，不高兴怎么办？不要紧，等那一阵过去就是。曹像是想跟潘伟杰稍作解释，所谓“有点情况”当然就是告知那个胡谦毅坏了事，所以他才赶来。潘没让他说，赶他去陪伴康庄，实是帮我挡一下，免得康听了更其恼火。

这一天康庄的脾气特别大，几阵子都没过去。按照接待安排，黄胜利引领导们进入休息室，在那里略事停留，喝喝茶。休息室正中俩位子，一边是康庄，一边是曹书耀。康庄坐得笔直，绷着脸不说话。曹书耀硬着头皮汇报，提到了“有点情况”，也就是我。可能也是担心给康庄气头火上浇油，曹采取轻描淡写方式，称县委书记胡谦毅从北京赶回来，飞机出了状况，人困在机场。曹担心出纰漏，才亲自前来。康庄拿着杯子喝茶，像是没听见，一声不吭。末了曹书耀询问领导有什么指示，康忽然问：“我指示你听吗？”曹马上表示：“坚决照办。”康庄即抬手指着大门：“带上你的人，回去，该干什么干什么。我不要陪。”曹书耀顿时万分尴尬。一旁潘伟杰一看不好，骑虎难下了，适时出场插了句嘴，所谓“力挽狂澜”：“康书记，书耀同志还有工作要报告呢。”康庄转头朝潘伟杰瞪眼睛：“就你会说话。”潘笑笑，康才不再赶人。

事后黄胜利告诉我，当时他真是恨不得偷

偷溜出门去。待在屋里看顶头上司挨批，脸上一阵红一阵黑尴尬不已，那可不是什么趣事。

随后就是吃饭。按照我跟黄胜利原定方案，拟安排一个大桌，让领导与艺术家共进晚餐，当然也不是艺术家全上，“全家福”，只安排方鹏、省里几位名家为代表。曹书耀到来听汇报后把这个方案否决，因为方鹏一行比康庄晚到，艺术家容易拖拉，让领导去等艺术家吃饭怎么好？不如分开。于是便按照分开方案，各吃各的。不料这一安排又让康庄不高兴了。他一上桌，看看身边全是各级领导，无一例外，立刻眼睛一瞪：“客人呢？”所谓“客人”指什么？当然不是说他自己。曹书耀急中生智，即跟着追问黄胜利：“客人呢？”黄胜利赶紧报告，称“客人们”还在路上，即将陆续到达，宾馆里另外安排了晚餐，随到随吃，没有问题。康庄脸一板不吭气，也不动筷子。还是潘伟杰懂领导，即在一旁请康放心，一会儿雅集上都能见到。现在让客人们放松点，雅集上才更好发挥。于是康庄不再发难。

然后我就降落在省城机场。离开机场后我们上高速，一路狂奔。我告诉司机情况特殊，保证安全前提下，这一路要尽可能快。他听命，一再超车加速，擦着可能违章罚款的边，拼命赶路。不料只跑了半个多小时，我们的车急停于高速公路上，前边黑压压无数车辆停滞不前，暗夜中车尾红灯一闪一闪，一眼望不到边。

是突发车祸。前方五公里一辆载重大卡车倾覆，后续四车追尾，路面瞬间堵死。

不由我感慨自己运气好，真是该赶上的全赶上了。

这时潘伟杰给我打来一个电话。黄胜利把我已下飞机的情况告诉他了。一听我又给困在高速公路上，他脱口道："你今天是怎么啦？"

"我也不知道。"我苦笑，"情况还好吧？"

"还好。"他说。

"那就好。"

我感觉松了口气。看来黄胜利"吓死了"比较夸张，此刻局面应已有所改观。既然情况还好，空间也就有了。我告诉潘伟杰，我不知道这条路会堵到什么时候，不知道今天还会碰上些什么，感觉自己实在已经错过了。我清楚此刻不敢奢望更多，心里有一个事特别放不下，希望“老领导”能继续支持。

“那个洞吧？”他问。

是的。我打算让黄胜利带上汇报材料参加雅集。请潘伟杰帮助把握一下，时机合适就让黄胜利跟康庄汇报几句，请求康关心支持。这样可好？

“你啊，这种时候了，还在勉为其难。”他说。

“让老领导为难吗？”

“精神可嘉。”他表扬，“再说吧。”

本来我怕黄胜利未必说得清楚，没想把这件事交给黄，现在还是考虑让他上，也属出于无奈。除了这个事，我没跟潘伟杰提起其他，他也没再问起《胡谦毅同志个人情况》。在胡谦毅同志居然缺席如此重要时刻的情况下，操心这个事已经显得分外可笑。

我给黄胜利挂电话，他没有接。此刻正忙，

可以想见。

显得特别漫长的等待终于停止，堵成一团的车辆开始松动，我们的车跟着车流缓缓而行。黄胜利电话到了。他在县美术馆，客人一行已经到达那里，比计划大有提前。

我把跟潘伟杰通话的情况告诉他，命他带上那份汇报材料，随时准备，听潘招呼。不料他即刻叫唤："这可使不得！"

"怎么啦？"

"吓死人了！"

"不是情况还好吗？"

"哪里呀！"

事后核实，黄胜利之言属实，直到他跟我通电话时，情况根本没有好转。整个晚餐期间，康庄始终板着脸，餐桌上气氛沉重，各级领导都不敢说话，像是在参加葬礼。晚餐预备菜肴只上了一小半，大家都还没吃个啥，康庄突然把筷子往桌上一丢，指着坐在饭桌对角的黄胜利问："你是县长？"

"是。我黄胜利。"

“去看看你们那个馆。”

康庄把手上的餐巾纸扔在桌上，站起身，绕过餐桌径直往外走。刹那间一桌人全体起立，没有谁敢说一个字，大家匆匆忙忙，鱼贯而出，跟随康庄离开了餐厅包厢。

这就是他们提前到达美术馆的原因。潘伟杰给我打电话时，估计还在餐厅那边，当时明明如同出席葬礼，怎么说“还好”？老同学没说实话，可能是不想让我着急，事已至此，把我急得要去跳楼有何意义？当然这也是“老领导”一贯风格，这个人总是处变不惊，也许从他小时候玩地球仪那时起。

那段时间里还有一个重要情况：黄胜利抽空把一份拟出席雅集的人员名单提前提交给潘伟杰，请他审定。此前这份名单曾交曹书耀过目，曹命黄务必请潘把关。由于时间较紧，潘伟杰只是匆匆浏览一遍，即交还给黄。

“就这样吧。”他表态。

黄胜利问：“潘秘书长还有什么交代？”

“注意不要漏掉人。今天康副书记情绪不

太好，不要让他更生气。”潘强调。

黄胜利忽然觉得脊背一阵发凉。他犹豫了几秒钟，说了句：“还有个情况。”

他讲了邵彬。邵没在那份名单上。

“你说他叫什么？”潘伟杰核实。

“邵彬。也叫邵士彬。”

潘伟杰抬起头，思考片刻，表了态：“让他来。”

“这个，这个……”

“即便真是个骗子，咱们也不怕。”潘伟杰说。

于是邵彬进入。事后黄胜利后怕不已，幸亏脊背那一阵发凉，否则就坏了。

我在高速公路上的最后一段路程相当顺利，顺利得让我心惊肉跳。这是我的毛病，我总是难以相信简单、顺利一类词语，一旦感觉顺利，我就担心即刻风生水起。

车辆驶进收费口，几乎没有停留，ETC 机“滴”一声响，拦道横杆提起，我们的车“忽”地冲出去，迅猛提速。

这时来了电话，是黄胜利。

“好了好了，”他在电话里大笑，情绪饱满，“没事了。”

“什么情况？”

“领导很高兴。在给你写字呢。快来！”

剧情骤然翻转。

我命驾驶员：“快快快快！”

那时我的脑子里突然跳出一个画面：一个钻穿大山的隧洞，流水汹涌，洞口有一块碑。我得说碑通常是需要的，应该有的，本人倒也从来不曾设想自己的名字刻在某块石头上。比之碑刻，我更在意的还是《胡谦毅同志个人情况》，看来它还有希望。

事后我才得知，康庄之变始于一幅字，或称始于一个字。这个字藏在一条横幅里，该横幅是本县美术馆藏品，出自本县一位清代书法家。在本馆所有藏品中，它属于比较一般的，但是当晚它四两拨千斤扭转了乾坤。

康庄在视察本馆藏品展览时注意到这条横幅。此前他大体察看了县美术馆的建筑主体、周边环境，始终板着一张脸不说话。尽管本馆号称首屈一指，毕竟只是在县级馆中排老大，不可能境界太高令他惊艳。本馆藏品也是同理，我们自认为不错，于他却还是县级水平，哪怕书画之乡。不料他在这些特意挂出来供领导视察的藏品中意外发现了那横幅，忽然开口说话，指着上边一个字问大家："谁认得它？"

他问的是下属各级领导，美术馆人员不在其列。他们是专业人员，他们当然得懂。

于是大家踊跃竞猜。康庄张嘴说话了，这是好迹象，各级领导都感觉到了。可惜的是在场诸位基本都是大专以上学历，居然没有谁知道那是个啥。

那个字很特别，上下结构，实际是两字相搭，上边那个字小一点，就是个"小"字，下边那一个大一点，看起来像是"不"字。这两字上下一叠是什么？不知道。特别是下边那个"不"写得比较草，似是而非，更让大家捉摸不透。有人猜那应当是个"尖"字，从横幅上下文来解，似乎不对。是"尘"吗？读起来也不对。

“曹，你看呢？”康庄直接点名。

曹书耀道：“康书记考倒我了。”

他看了半天，猜想会不会是个“劣”字？

康庄一摆手：“什么呀。这就是个‘大’。”

怎么会呢？大家一琢磨，“小不”就是不小，不小岂不就是大？有道理。看一下上下文，确实以“大”可通，于是都信服了。

黄胜利悄悄向潘伟杰报告，方鹏等人已经到了，在四楼大厅，其他艺术家也基本到齐，雅集是不是可以开始？

潘伟杰未经请示，直接拍板：“行。”

与预定时间提前半个多小时，康庄一行走进大厅。里边众人无论留长发不留长发一起热烈鼓掌，康庄脸上顿时有了笑容。他跟艺术家们一一握手，从方鹏开始。康称他“方老师”，握手时还轻拍其肩，说了句：“劳驾方老师了。”方鹏艺术范十足，也不回答，只是一拱手，给康庄作了个揖。而后领导继续握手，直到最后一位，包括邵彬。康对邵除了一握，没有特别表示，倒是后边潘伟杰如康那般在邵的肩膀上轻轻拍了拍，说一声“欢迎”。“老领导”就是厉害，如他所说：“即便真是个骗子，咱们也不怕。”

康庄宣布：“不讲话了。开始吧。”

于是踊跃。不是各级领导竞猜，是各级书画家竞艺。大厅里事先拼起一张宽阔长桌，可容十数画家书法家同时铺纸挥毫。按照事前安排，书法家排于桌左而画家于右，群贤雅集，共襄盛举。一时间大厅里格外安静，只有运笔之轻响。康庄带着各级领导轻手轻脚在长桌周边走动，观看艺术家们创作。可能是出于个人爱好，康偏重于观察书法家，特别是方鹏。康站在方鹏身后许久，看他写完一幅字，举手鼓掌。方鹏大悦，称马上要给康另写一张，大字。于是有人速帮他铺纸，给他换了根大笔，看起来笔柄几乎有茶杯口粗。方鹏抓起大笔，写了一个铺满半张纸的大字，写的居然是“不小”，与清代那位前辈的“小不”反向相迭，同样也是大。他还写了“康庄书记正腕”。

康庄大笑。

肯定有人给方大师暗通消息，才有如此效果。

后来大家“茶歇”，也就是享用饮料点心。考虑到场中各级领导晚餐实没吃到啥，此刻茶歇真是特别需要。茶歇之后，趁着领导情绪好，众人围攻康庄，请求赐字。康竟有求必应。黄胜利斗胆请求他给本馆题词，他欣然写下。潘伟杰讲规矩，特意交代黄收藏好，该题词留作资料，对外不公开，因为有规定，省领导不能随意题词。黄胜利很够意思，突发奇想替我请求，问能否给本县胡谦毅书记写一句话鼓励鼓励？胡还在路上拼命跑，想找康书记求字。康居然没生气，转头问潘伟杰：“写什么好？”潘想了想：“勉为其难，锲而不舍。可以吗？”康摇摇头：“不好。”

于是黄胜利给我打了电话。

后来潘伟杰接到一个电话。接完电话他匆匆与康庄低语，康即站起身来。

当时我的车已经冲进县城。我们直扑县美

术馆，已经看得到大楼灯火通明，就见大门开启，两辆轿车一前一后从里边开出，疾驶而来，眨眼间从我们身旁掠过。

两车都挂省直首脑机关的车牌。

我紧赶慢赶，终在预定终场时间之前冲到。可惜还是迟了，只赶上两团尾气。

五

总结而言，错失良机，其错误主要在我本人，原因出自主观，完全内在。

我得说这样的局面本来不应该出现。我本人并非初出茅庐刚从大学毕业，作为一个饱经历练，身任要职的基层负责官员，岂能不知轻重？事实上我心里非常明白，几天里，几乎在每个特定节点上，我都有清醒意识，登机去北京前我曾决定返回，在京苦等时我曾一再打算撤退，无论在任何一个节点上，如果能遵从心里的这种声音，及时决断，都不至于陷自己于如此被动境地。为什么我最终还是陷了进去？

表面看是因为“那个洞”，有客观原因，实际上还是主观问题。我显然自视过高。我的面前有两件大事，一是雅集，一是“那个洞”，两件都非常重要。我自以为可以一心二用，左手按住一件要事，右手按住另一件，两件要事无一缺漏，全部圆满，事实证明我过高估计了自己勉为其难的能力。显然我还为自己的侥幸心理所害，我怎么可以寄希望于“天助先生”总是与自己同在？深刻检讨下去，侥幸心理还只算表层，更深层更本质的内在原因，几乎是在下意识、本能层面。为什么我在每一个节点都清楚地知道自己必须得抬起左脚，却又偏偏每一次都吃力地去搬动右脚？这就是下意识、本能在作怪。具体而言，我清醒地意识到雅集与“那个洞”于我都非常重要，但是在下意识里，显然我把“那个洞”本能地排在更重要更有价值的位置，直到错失良机，我甚至都没有意识到症结就在这里。

因此不怪天不怪地，只能怪自己。

事情并没有到此结束。三个月后，省委

副书记康庄出事，成为当年本省犯案被查的“首虎”。我的老同学、“老领导”潘伟杰同案被查，失去联系。我曾拼命追赶却终于错失的我县美术馆四楼大厅雅集竟成为该案的焦点之一。

据事后得知，本雅集的要害不在于方鹏的“不小”上下写反，而在于“茶歇”。在那个不长的休息时段里，康庄与方鹏于大厅旁小会议室里单独接触，做了若干交谈。其后潘伟杰与邵彬在同一个地点单独接触，也做了若干交谈。潘伟杰在审阅雅集出席名单时，曾问黄胜利：“你说他叫什么名字？”还说：“即便真是个骗子，咱们也不怕。”那是装相，事实上潘早就认识邵，此前在北京有过单独接触，这一次还是潘把邵请来，以方鹏随行人员的名义拉进雅集的。黄胜利请潘伟杰审阅名单时，潘当然是一眼就看出邵不在里边，他不动声色，做毫不在意状，只一句话就吓住黄，让黄自己提出邵彬，确是游刃有余。当晚在雅集上，潘伟杰还特意把方鹏与邵彬拽在一起，三人共持方所写“不小”大作拍了一张照片。这张照片日后也成为罪证之一。照片里康庄隐身，藏在“康庄书记正腕”之后，照片里的潘伟杰实为操控者，或称掌握者、委托方，方鹏是被委托方，而邵彬是中间人，或称掮客，处理资金过渡事宜。

雅集之后，山西有一位煤老板给邵彬汇了一笔巨款，有三百万之多，这是一笔收藏品交易款项，事实上该交易虚拟，并无古董实体转手，煤老板与邵彬也互不相识。煤老板有一位合作者为本省人，这位本省人除了投资挖煤，在本省还拥有一座大型钢厂，在减少碳排放、压缩产能、控制污染大背景下，其钢厂遇到若干问题。经可靠人士牵线，钢老板求告于潘伟杰。潘长袖善舞，动用康庄影响力，帮助妥为解决。在雅集案中，潘伟杰命钢老板通过自己合伙人山西煤老板给邵彬汇去了那笔三百万巨款。煤钢两位老板都隐身事外，没有现形于雅集和“不小”合影中，仅露出一点影子：邵彬到达省城机场后没有坐本县的接站车，由一个

“朋友”派车送达本县，那其实就是钢老板本人开车送他，两人一路商定汇款方案，于雅集后迅速通过煤老板落实。这笔钱到达邵彬那里后，邵提取若干佣金，再转交给方鹏，以作品订金名义，其实方鹏无须为他写半个“不小”，白拿。之所以采取如此曲折方式运行款项，是因为方鹏是艺术家，邵彬以文化商人面目，于方鹏和煤老板间转手款项，都能有适当名目，不会引人怀疑。如果让实际出资人本省钢老板向方鹏直接汇款，必然凸显该款与本省的关联，让山西煤老板汇给方鹏也过于直接，容易引起注意。安排一个邵彬置身中间，可以模糊这笔钱的来去踪影。至于拿这笔钱给方鹏去干什么，只有方本人和康、潘知晓，出资人和中间人都无须掌握，只需知道本次活动中领导并没有拿一分钱，可视为领导热心书法艺术，鼓励企业家支持赞助文化事业。如此处置会相对安全。

这个复杂的款项周转是出于一个特殊背景：康庄从某些渠道得到消息，其多年来利用职权为家人和亲属谋取不当利益的行为已被注意。为了避免成为一“虎”被查，康利用各种机会，几度上京活动。潘伟杰深知一损俱损，紧密相随。他们到京干这种事很难游刃有余，只能学习胡谦毅精神勉为其难。方鹏在京城颇有能量，特别是以“大师”之名，与一些热爱书法艺术的高层人物结交，有渠道为康刺探情报以至游说。潘伟杰奉康庄之命，多次与方鹏联络，方因自己与圈内朋友亦有若干利益事项跟本省相关，愿意对康有所相助。方对潘提出，需要与康本人见个面，深入切磋。考虑到情况比较复杂，在京城见面可能引起注意，难以掌控，潘伟杰认为不如请方回乡，于不会引发怀疑的场合一见，所以才有了我县的雅集。雅集之后的那笔巨款可视为方鹏的劳务预付或称运作经费，“该用就用，不够再加”，只是后来再没有第二笔。方鹏的活动败露，引发中央相关部门注意，康庄终于还是成了虎，方本人也成了涉案人员。

这就是本次雅集曾一波三折，以及康庄讨

厌惊动，没给曹书耀好脸色的原因。康庄到达本县之后的一张臭脸，实与县委书记胡谦毅脱岗没有多大关系，更多的是因为自己心情不佳。人在可能灭顶之际心情应当都差不多，不管是大小领导还是普通百姓。

但是本胡谦毅脱岗还是造成了若干重大损失。首先就是给直接领导曹书耀找了大麻烦。曹好意赶来救场，不尴不尬几乎被康庄当场赶走。待到康终于浸入自己喜欢的书法艺术氛围，暂时脱开烦恼，心情回调之后，可能感觉有所亏欠，便于雅集上出面替曹讨字，请方鹏为曹泼墨，感谢曹亲自出席雅集。方鹏听命，欣然而为，取曹之名，写了个大大的“耀”字相送。曹很高兴，拿着这张字与方合影。康庄出事后，雅集成为案件一大焦点，曹作为出席雅集的地方主要负责人，需要承担相应责任。他在雅集上获赠的“耀”字，正常情况下不是什么事，此刻不行了，比照方鹏作品的市场价，估值相当高，这也成为问题。曹把该作品上交，并作详细交代及深刻检查。幸而经审查没有更多问题，最终不再担任市委书记，调任省政府副秘书长。

还有一个重大损失是黄胜利。黄作为我的搭档相当称职，我俩合作很好，在我缺位情况下，他把工作顶起来，操持雅集各项准备，实为难得。只是黄失之有点小心思。他在雅集上请求康庄为本县书记题字，是想在我之后为自己也求一张领导墨宝，这一点他很讲规矩，先书记再县长，一般不越位。他和我一样，虽然一起掌握一个书画之乡，一起努力盖起一座美术馆，对书法本身则确实缺乏造诣。康庄字写得再好，于我们不会有太多感觉，唯他是大领导，那就不一样，这种墨当然是宝。那天恰康庄高兴，答应为黄胜利也题一词，时因曹书耀有事向康庄报告，康没有马上动笔，站在一旁的邵彬突然把袖子一挽，称他要给黄县长先写几个字。这邵士彬不是不会写不能画吗？其实写字涂鸦谁不会？何况人家混迹于京城文化艺术圈中。邵彬字不出众却有一手绝活，擅长把人名嵌进联头，哪怕狗屁不通，例如“胜之不武，利国利民”之类。他果然当众给黄胜利嵌了一对。黄胜利还在等康庄题词，不料潘伟杰突然接到省委办一个电话，告知有重要事项，须请康庄速返省城，而后他们匆匆离开。黄胜利那个懊恼真是别提了。除了耽误了“墨宝”，黄胜利还耽误了“那个洞”，这很不应该。原本我要求他一旦康庄情绪好，就通过潘伟杰帮助，向康庄简要汇报并递送材料，他没有照办。后来他承认是自己有小心思，想等我赶到后由我去说，“分量比较够”，不料康庄他们提前离去，错失了机会。尽管有所过失，事情如果到此为止，黄胜利什么麻烦都不会有，偏偏第二天上午出了事：黄胜利去宾馆邵彬房间送行，居然私下给邵塞了十万元，作为“润笔”，答谢邵给他的那副联。黄胜利原本对这个邵彬充满怀疑，为什么一变如此客气？原来他发觉不管邵是哪路骗子，人家跟潘伟杰关系可不一般，亲切得很，叫做“不看不知道，一看吓一跳”。黄又动了小心思，以题词“润笔”为名送钱，其实是求邵彬在潘伟杰面前帮助美言。黄胜利清楚我已经到了临界点，所谓非升即走，黄希望能接任书记，又担心自己年龄偏大，未必能如愿。黄知道我与潘是老同学，也知道时候到了我肯定会推荐他，却又担心以我的力气不足以成事，恰雅集上遇到机会，便抓住一个邵彬，一时欠考虑干了傻事。邵彬作为掮客眨眼间几百万来去，十万于他算个啥？虽然他那一手破字实在一文不值。出事后邵彬接受调查，并没有提到黄胜利这笔钱，倒是黄自己把它坦白出来。幸而钱是他从家里拿的，不是从财政款或其他公款里开支，也未发现其收取礼金或受贿。最终他给免了职。我很为他痛惜，也很自责。如果那天我没有缺位，或许他已经进步了，哪怕原地踏步也强于现在。

我本人在康庄出事后接受了调查。我交代自己与潘伟杰的关系，也交代了有关雅集的全部所知情况。其中有一个细节，就是邀请方鹏回乡时，他曾拒绝接听所有电话，怎么我却能打通，我手中的特殊号码是怎么回事？我据实报告，那是潘伟杰给的。我曾告诉潘请方鹏没有把握，甚至有可能联系不上，潘便用短信给我发来一个号码，供我必要时使用。我一用这个号码给方鹏打电话，他就明白是潘的意思，所以才会松口，愿意返乡。此前潘曾到京与他面谈过数次，我打过电话后，估计潘还再找过他，敲定他们间那些密不示人的事项。潘没有把底细告诉我，因为这个雅集后边的内情只有几个核心当事者知道，对外没法说，也绝对不能说。

由于我意外缺位于雅集现场，没有更多需要我交代并承担责任的事项，只有黄胜利为我讨要的康庄题词需要上交审查。出于对我的了解，潘伟杰曾建议康题写“勉为其难，锲而不舍”，康认为不好，改为：“勉为其难亦难得”，题款居然是“与胡谦毅同志共勉”。我觉得康题词时可能确实有所共鸣，只是我对之小有看法。本人勉为其难毕竟是为了工作，该领导却是为了对抗中央调查，这有本质区别，不能都算“难得”，怎么可以“共勉”？由于该题词未涉钱财，与案情没有直接关联，经审查后不计为问题，终退还给我。我把那张纸悄悄藏了起来，虽然不好再称“墨宝”，有时拿出来看看也还有点意思。我得说康庄的字确实不错，或许他当领导本身就是个错误，不如把头发留起来去当方鹏。看起来关键问题不在于掌握地球的多大部分，而是拿它去干什么，谋取自身权力和利益，或者是去挖个洞。

作为本次雅集事件中唯一全身而出的负责官员，切身感受很多，我有一种劫后余生之慨。我发觉自己的检讨搞反了，好比方鹏把“小不”写成“不小”。我的一系列错误现在都像是对的，如果我不是出自本能，下意识地把“那个洞”排在最重要位子，我必定陷进那个雅集，即便没有卷入曹书耀、黄胜利遭遇的漩涡，仅把《胡谦毅同志个人情况》悄悄通过潘伟杰递送给康庄，就足以让我在他们出事后坐立不安，备受煎熬。我得说自己最需要检讨的，可能就是除了我和帮助打字的年轻人之外，没有第三人知道的这两三页纸。雅集当时我狂奔夜路，它在公文包里实有所推动。如我这样的人希望继续进步属于常情，却必须自我警惕，不能一心陷进去，否则它会变成一个大坑，很多人都被它坑了，我的老同学可能也在其列。幸而我还是出自本能，下意识地把“那个洞”排列于这两三页纸之上，加之当晚县美术馆门前的两团尾气相助，没让我一头冲进那个坑里。看起来“天助先生”对我真的是特别关照。

当然这是调侃。天助其实更是自助。

我继续在为“那个洞”勉为其难，感觉很值得。

图书在版编目(CIP)数据

此处有疑问/杨少衡著. —福州:海峡文艺出版社,2024.11
(独角马中篇轻读文库)
ISBN 978-7-5550-3893-1

Ⅰ.I247.5

中国国家版本馆 CIP 数据核字第 2024KX3955 号

此处有疑问

杨少衡　著
出 版 人　林　滨
责任编辑　余明建
编辑助理　陈　瑾
出版发行　海峡文艺出版社
社　　址　福州市东水路 76 号 14 层
发 行 部　0591—87536797
印　　刷　福州德安彩色印刷有限公司
厂　　址　福州市金山工业区浦上标准厂房 B 区 42 幢
开　　本　787 毫米×1092 毫米　1/32
字　　数　86 千字
印　　张　6.875
版　　次　2024 年 11 月第 1 版
印　　次　2024 年 11 月第 1 次印刷
书　　号　ISBN 978-7-5550-3893-1
定　　价　28.00 元

独角马·中篇轻读文库

遭遇“王六郎”	梁晓声
未未	张抗抗
我本善良	王祥夫
在传说中	蒋　韵
那一天	尹学芸
与永莉有关的七个名词	张　楚
歧园	沈　念
天体之诗	孙　频
乌云之光	林　森
暖阳和他的花雕马	肖　睿
此处有疑问	杨少衡
仰头一看	林那北
身体是记仇的	须一瓜
风随着意思吹	北　村
老骨头	李师江